宮澤賢治、山の人生

Kenji Miyazawa, Lifetime as a mountaineer

澤村修治
［編著］
よこてけいこ
［絵］

A&F

宮澤賢治、山の人生

目次

宮澤賢治、山の人生

はじめに

本書は宮澤賢治の書き残したもののなかから、山に親しみ、自然に対する豊かな感受性を育《はぐく》んだことで生まれた作品を中心的に紹介していきます。

賢治は山歩きを好み、小学生の頃からあちこちの山や丘、森を踏破《とうは》していました。鉱物や植物の採集、土性《どせい》や林相《りんそう》の調査などの目的もありましたが、自然のなかを歩きまわること自体が、賢治の心身を伸びやかにし、想像力を豊かにするために不可欠の営みだったのだと思います。

木々をゆるがす風に人格的なものを想定し、雲の流れに想像の世界を見いだし、動物たちと遭遇《そうぐう》すれば会話したくなる。渓流を遡上《そじょう》して岩や水の神秘的な姿を眼にする。夜空を占める星を眺《なが》め、星間をめぐる汽車の旅を想う。松明《たいまつ》を手に山頂を目ざしたり、夜の山道をどこまでも歩いたりもまた、賢治がしばしばおこなっていたことです。賢治の童話や詩の多くは、そうした体験から生みだされます。

賢治が山に親しんだのは明治末期から大正にかけて。県立盛岡中学校、盛岡高等農林学校（ともに旧制）の学生時代、研究者時代、そして農学校教師時代がこの時期にあたります。昭和になってからは病臥《びょうが》する日がふえて、次第に山旅から遠ざかりました。それでもかつて山で見たもの、感じたことを病床の賢治はなつかしく思いだし、その印象は、物語や詩の世界で無限に広がり、作品を動きださせるための重要なきっかけとなっていたのです。その意味で賢治は生涯にわたって「山の人生」を歩んだ作者でした。この観点に立ち、宮澤賢治の人と作品を横断的に見ていくことこそ、この本の主要な目的となります。

本書は賢治の書き残したものからことばを選んで収録し、解説を加えていく形で進みますが、収録されることばは、よく知られた作品ばかりを出所としないように配慮しました。初期の短歌から晩年の文語詩まで時期的に幅広く集めたほか、未完成の小品、先駆形、創作メモ、原稿修正過程の表現、そして書簡中のことばも拾っています。そうすることで、作家宮澤賢治、人間宮澤賢治を多面体として浮かび上がらせようと努めました。

山へ入ると、気の遠くなるような時間が生みだした自然の精妙や神秘に接して、心身にこびりついた日常生活の塵芥《ちりあくた》が、きれいさっぱり洗われる気がしてくるものです。賢治をその一人とした明治・大正期の山行者《さんこうしゃ》も、こうした体験を数多く重ねてきたはずです。賢治が山旅をくり返していた時代の日本は、近代登山の黎明《れいめい》期でした。欧米からアルピニズムの考えが導入され、初期の近代登山者が登場しますが、彼らは多く知識人で、ジャーナリズムの発達に合わせて山行を題材にした紀行文を書き残しています。本書では解説文やコラム中に、賢治と同時代に「山の人生」を送った初期登山者についても、多く筆を割くようにしました。かれらの紀行文のうちで佳品を選び、そのなかの印象的な文章を紹介するとともに、人物像にも短く触れています。

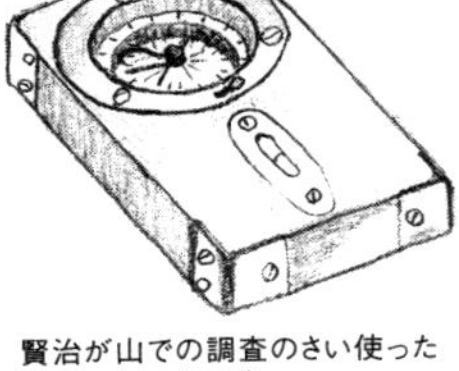

賢治が山での調査のさい使った
傾斜測定器（同型）

紹介される賢治作品は『新校本 宮澤賢治全集』（筑摩書房）に拠り、各篇にはタイトルを付しました（全文引用の場合は原題としています）。本書は宮澤賢治についてよく知っている人ばかりではなく、詩「雨ニモマケズ」や童話「銀河鉄道の夜」など代表作に触れただけの人も、幅広く読者として求めています。そのため、読みやすさを考慮して、引用にさいしては仮名づかいと漢字を現代表記とするほか、一部でルビの付加、改行箇所の増減、読点《とうてん》追加をおこないました。解説文、およびコラム中の〈 〉箇所は直接引用を示します。また、賢治の年齢については満年齢に統一しました。現代の読者の感覚に合わせるためです。

（編著者）

本文中掲載絵の一部は、『新校本 宮澤賢治全集』『別冊太陽 宮沢賢治 銀河鉄道の夜』に収録された写真・図版を参照しました。函《はこ》に描いた山中《さんちゅう》に舞う落ち葉は、賢治の童話「風の又三郎」をイメージしたもの。又三郎が着ていた「ガラスのマント」のあることが、わかるでしょうか。青空が写っています。

（描画者）

第一章

せいせいするな

一八九六年（明治二九）八月、岩手県花巻に生まれた宮澤賢治。色白で大人しく、運動が苦手だったかれは、盛岡中学校の同級生・阿部孝《たかし》から〈へなへなの坊ちゃん〉と見られていました。中学二年の六月、生徒たちは博物学教師の引率で岩手山登山に挑戦しますが、このときの賢治の姿に阿部は驚きました。賢治は〈一度山に組みつくと、まるで別人のような勇者になったからです。颯爽《さっそう》たる健脚ぶりは〈英雄であった〉とも阿部は回想しています。〈地表に足のつくいとまなく、駆けるように歩いている〉と教え子の松田奎介《けいすけ》も証言するとおり、賢治は歩き方が早く、あっという間に彼方まで進んでいたといわれます。盛岡から花巻まで三五キロを歩いて帰ったというエピソードもあり、こうした健脚自慢は山歩きの達人へと賢治を成長させていったのでした。

賢治の山旅の対象は岩手県の山、とりわけ花巻から盛岡にかけての大小の山に及んでいます。山頂を極める登山もありましたが、山野を長距離移動する旅が多かったのは、研究者として土性《どせい》地質調査を頻繁《ひんぱん》におこなったことも関係します。それゆえ賢治は低山や森の横断歩行、渓流の遡行《そこう》などをむしろ得意として親しみました。あてもなく歩きまわるワンダリングは日常的でした。

盛岡中学、盛岡高等農林の学生時代が登山のさかんな時期です。とはいえ、賢治は社会人になってからも、調査旅行や、教育者として生徒を引率しての山野めぐりがしばしばあり、晩年に病床の人となるまで、その健脚ぶりは相変わらずでした。

1910年(明治43)9月、岩手山登山のさいの賢治(14歳、盛岡中学2年生)

雲の信号

（『春と修羅』収録、「雲の信号」全文）

ああいいな　せいせいするな
風が吹くし
農具はぴかぴか光っているし
山はぼんやり
岩頸《がんけい》だって岩鐘《がんしょう》だって
みんな時間のないころのゆめをみているのだ
　そのとき雲の信号は
　もう青白い春の
　禁欲のそら高く掲《かか》げられていた
山はぼんやり
きっと四本杉には
今夜は雁《かり》もおりてくる

解説

一九二二年（大正一一）五月一〇日、農学校の新米教師時代の作品です。当時、新校舎建設を前にして、賢治は整地や開墾《かいこん》に励《はげ》んでいました。作品は、作業の手をふと休めたとき、周囲を山の姿を眺《なが》めてすばやくスケッチしたかのごとくで、冒頭の一行、〈ああいいな、せいせいするな〉で晴れ晴れした心をストレートに伝えています。

山にある岩という岩が〈時間のないころのゆめをみている〉――このとらえ方は実に賢治らしいところ。多くの童話や詩の世界に通じています。

山と雲の織りなす光景は、古くから日本人の眼をとらえ、無邪気な感銘を与えてきました。志賀重昂《しげたか》『日本風景論』（一八九四年、明治二七）は日本の山河の優美さを描いた古典的作品ですが、そのなかで志賀は、〈山、雲を得ていよいよ美、ますます奇〉と記しています。

山を飾る雲は千の姿を見せます。それは見る者の心にいくつかの像を結びます。志賀は神女《しんにょ》の衣装を見ています。一方、賢治が見たのは〈信号〉でした。信号機なのか信号旗なのか、それとも何かを伝える絵画的な符合《ふごう》でしょうか。

さあ春だ

（童話「イーハトーボ農学校の春」より）

さあ、春だ、うたったり走ったり、とびあがったりするがいい。風野又三郎《かぜのまたさぶろう》だって、もうガラスのマントをひらひらさせ、大よろこびで髪をぱちゃぱちゃやりながら、野はらを飛んであるきながら、春が来た、春が来たをうたっているよ。ほんとうにもう、走ったりうたったり、飛びあがったりするがいい。ぼくたちはいまいそがしいんだよ。

解説

前の詩に続く、春の喜びを描いた作品。今度は童話の一場面です。「イーハトーボ農学校の春」は〈太陽マジック〉という楽譜付きの歌からはじまります。踊りたくなるような軽快なリズムが特徴で、この歌に続いて集まってきた生徒は、何より空の青さにわくわくします。

春は野山が内に秘めたエネルギーをあらわにするとき。田部重治《たなべじゅうじ》『山と渓谷』（一九二九年、昭和四）は、大正時代を中心とした山行《さんこう》体験を綴《つづ》った山岳紀行の名作ですが、そのなかで田部は、春を迎える喜びを次のように記します。

〈眠れる自然から覚めたる自然に移るこの経過は、何と激しい変化であろう。かの冬の空寂《くうじゃく》から、五月の若葉の殷賑《いんしん》に至るまでの、官能に訴うるものの逕庭《けいてい》（へだたり）は何と甚《はなは》だしく大きなものであろう。〉

さらに田部は春の新緑について、〈この新緑の尖端は、自己を最も強く実現しようとする力であり、あらゆる希望、過去を一点に生かさんとする努力の象徴である〉とも記しています。こうした力がみなぎる様相こそ、賢治作品の〈ぼくたちはいまいそがしいんだよ〉という表現へと繋《つな》がっていくのだと思います。

「イーハトーボ農学校の春」は、〈楊《やなぎ》の木でも樺《かば》の木でも、燐光《りんこう》の樹液《じゅえき》がいっぱい脈《みゃく》をうっています〉が結びのセンテンスです。

林と思想

（『春と修羅』収録、「林と思想」全文）

そら　ね　ごらん
むこうに霧にぬれている
蕈《きのこ》のかたちのちいさな林があるだろう
あそこのとこへ
わたしのかんがえが
ずいぶんはやく流れて行って
みんな
溶《と》け込んでいるのだよ
　ここいらはふきの花でいっぱいだ

解説

一九二二年（大正一一）の五月から六月にかけて、賢治は『春と修羅』に収められる詩（心象スケッチ、といっていました）のいくつかを集中的に書き上げていきます。この作品もそのなかの一つ。書き出しの〈そら　ね　ごらん〉は、童話作家の側面をもつ賢治らしいもので、物語が生まれてくるニュアンスを宿しています。そして、「霧にぬれた、キノコの形の小さな林」。一瞬でとらえた童画的描写の巧みさに脱帽です。「林と思想」は自然の姿を描いた賢治の作品中、小品ながら傑作だと思います。

岩手山や早池峰山《はやちね》といった名峰の風景だけでなく、身近な、名もない低山や雑木林に、賢治は尽きぬ魅力を見いだしていました。畑の続く山道や、明るい牧場の姿にも。ありきたりの自然にこそ「神秘」がある――賢治にはそれを見いだす観察力があったのです。

賢治の文学碑は岩手県を中心として日本各地にありますが、「林と思想」の碑が立つのは、岩手県岩手郡滝沢村にある春子谷《こやち》地湿原の隣接地。岩手山を望む眺望のよいところです。

小さな林

ウクライナの舞手《まいて》

（『春と修羅』第二集〔日脚《ひあし》がぼうとひろがれば〕先駆形、「曠原淑女」より）

曠原《こうげん》の淑女《しゅくじょ》よ
あなたがたはウクライナの
舞手のように見える
……風よたのしいおまえのことばを
もっとはっきり
この人たちにきこえるように云《い》ってくれ……

解説

春寒の野原で、けら（蓑《みの》に似た防寒雨具）を着た農家の娘に出会ったときのスケッチから、印象的な部分を挙《あ》げました。娘たちは、〈萓草《かやくさ》の花のようにわらいながら／ゆっくりふたりがすすんでくる〉と賢治によって描写されます。飲み水を入れた手桶《ておけ》を持ち、畑に向かう途中の様子です。彼女たちは別の日には、手桶に〈青いつるつるの蓴菜《じゅんさい》〉を入れ、朝のうちから町へ売りに行きます。

野を歩いているときに触れた、農民の暮らしの一景を賢治は巧みに伝えています。彼女たちは鍬《くわ》を二挺《にちょう》けらに結びつけ、粗い縄をまとっていますが、賢治の眼には彼女たちこそ、虚飾なき大自然のなかの〈淑女〉でした。

賢治は娘たちの歩みにユーラシア草原地帯の民族舞踊をイメージし、風になったかのような軽快な姿を想ったのでしょう。別の詩では、作業をする農民の様子を、〈ステップ地方の鳥踊《フォーゲルタンツ》〉とも表現しています。山登り・山歩きのさい地元の農民に出会うことは珍しくありませんが、野良衣装の人びとに接して、一瞬、世界的な視野でイメージを飛翔させる賢治の想像力は並大抵のものではありません。

この詩を書いた頃は『春と修羅』刊行（一九二四年〈大正一三〉四月）の翌月。全国紙『東京日日新聞』の新刊紹介らんに『春と修羅』が紹介され（五月一日）、賢治は充実のなかに詩作を続けていたようです。またこの五月は一八日より生徒を引率して北海道修学旅行に出発。小樽、札幌、苫小牧などを旅しています。植物園、ビール会社、石灰会社、製紙工場等を歴訪しました。

ねぼうだなあ、おおい

（童話〔若い木霊〕より）

若い木霊《こだま》はずんずん草をわたって行きました。

丘のかげに六本の柏《かしわ》の木が立っていました。風が来ましたのでその去年の枯れ葉はザラザラ鳴りました。

若い木霊はそっちへ行って高く叫《さけ》びました。

「おおい。まだねてるのかい。もう春だぞ、出て来いよ。おい。ねぼうだなあ、おおい。おおい。」

風がやみましたので、柏の木はすっかり静まってカサッとも云《い》いませんでした。若い木霊はその幹に、一本ずつ、すきとおる大きな耳をつけて木の中の音を聞きましたが、どの樹《き》もしんとして居《お》りました。そこで、

「えいねぼう。おれが来たしるしだけつけて置こう。」と云いながら、柏の木の下の枯れた草穂《くさぼ》をつかんで四つだけ結び合いました。

解説

「若い木霊」は、春が来たのにまだ眠っている山の木々を木霊が起こして回る物語。木霊は一方で、ヒキガエルやサクラソウの言葉を聞いたり、カタクリの葉にあらわれる文字を読んだりしながら早春の丘の間を歩いて行きます。

紹介した箇所は〈ねぼう〉の柏とのやりとりですが、物語の中で、目ざめているほうはカタクリ。この植物は花が有名ながら、葉のほうに注目するのが賢治の不思議なところです。葉にはたしかに流れるような複雑な太線があり、これは一種のメッセージ文？「若い木霊」では、葉の上に〈せわしくあらわれて又《また》消えて行く紫色のあやしい文字〉を読もうとする木霊の姿が描かれます。この有りようは、賢治自身が山の中で、実際におこなっていたのかもしれません。そういえば、紹介した文のなかにある、山で樹木に話しかける場面も、いかにも宮澤賢治が山でやっていそうな行動です。

作品中、カタクリの葉の文字は〈一つずつ生きて息をついて〉いたと描かれますが、幻想から次の幻想へと跳躍《ちょうやく》する作者の特異な感受性を思わせます。幻覚者の眼をもった賢治は、山旅の途中で、ほんとうに妖怪や精霊と出会っていたのでしょうか。だとしたら、その多くは子どもの姿をとり、のちに童話の主人公になったのかもしれません。

地元で伝承されてきた不思議な話が、賢治の想像力の基《もとい》になった点も挙げられます。かつての日本の山岳は、神話的な物語の宝庫でした。昔の人びとは妖怪や精霊の話を聞いて、それが実際、山に住むと信じていたのです。

さそり座

（文語詩「このみちの醸《かも》すがごとく」先駆形より）

南なる黒野の上に
蠍《さそり》の座おおらかに這《は》い
きみが居《い》るうしろの峰も
いま西の山なみのなか

あまの川

（『愛国婦人』大正一〇年九月号掲載、全文）

あまのがわ
岸の小砂利《こじゃり》も見《み》いえるぞ。
底のすなごも見いえるぞ。
いつまで見ても、
見えないものは、水ばかり。

解説

星を題材にした賢治作品のなかで、晩年の文語詩からと、二五歳時（一九二一年）の雑誌掲載童謡を挙げておきましょう。

さそり座は賢治の関心が深い星で、盛岡高等農林一年生のとき（一九一五年）、遠野への旅の途上で級友・高橋秀松《ひでまつ》に出した手紙に〈スコウピオも北斗七星も願わしい静《しずか》な脈《みゃく》を打っています〉との一文が見られます（スコウピオ＝さそり座）。また、『岩手毎日新聞』連載の童話「シグナルとシグナレス」（一九二三年）は軽便《けいべん》鉄道の一番列車がうたう〈ガタンコガタンコ、シュウフツフツ、／さそりの赤眼《あかめ》が　見えたころ〉から物語が始まります。ここに紹介した文語詩を併せて見ていくと、賢治は若い頃から晩年まで、さそり座に対して興味を抱《いだ》き続けたことになります。

天の川も賢治の想像力を刺激しました。最初期の童話「双子の星」は書き出しが、〈天の川の西の岸にすぎなの胞子《ほうし》ほどの小さな二つの星が見えます〉であり、天の川を舞台としています。また、代表作「銀河鉄道の夜」は、学校の先生が天の川について教える場面から始まるのはよく知られています。

さそり座や天の川は夜空でよく目立ち、山登りや山歩きのとき、賢治の眼にとりわけ親しい存在でした。

天の川、〈白くけぶった銀河帯〉（「銀河鉄道の夜」）

夕立

（童話「さいかち淵」より）

そのうちに、いきなり林の上のあたりで、雷《かみなり》が鳴り出した。と思うと、まるで山つなみのような音がして、一ぺんに夕立がやって来た。風までひゅうひゅう吹きだした。淵《ふち》の水には、大きなぶちぶちがたくさんできて、水だか石だかわからなくなってしまった。河原にあがった子どもらは、着物をかかえて、みんなねむの木の下へ遁《に》げこんだ。

解説

「さいかち淵」は「風の又三郎」の原型となった作品。しゅっこ（本名は舜一《しゅんいち》）と子どもたちはさいかち淵に集まり、泳いだり、魚をみつけたり、鬼ごっこをする。そんなある日、子どもたちは遊んでいる最中、夕立に出会います。そのときの様子を描いたのが、紹介した箇所です。

しゅっこが、烈《はげ》しい雨のなかから聞こえてくる叫《さけ》び〈雨はざあざあ　ざっこざっこ、／風はしゅうしゅう　しゅっこしゅっこ〉におびえる場面が物語の結びで、それは河原にあがっている子どもたちの声なのか、自然の怪異なのか。夕立のつくりだす音響がさまざまな「声」を招いてくる様子を、賢治は巧みに描きます。

日本山岳会の創設者で、わが国登山界の先達といわれる小島烏水《うすい》は、「山岳美と日本精神」（昭和一〇年）で、こう述べています。

〈雨は日本人にとっては、いかにうるさくとも、鬱陶《うっとう》しくとも、美しい乱舞の水蒸気、幽《ゆう》なる歓喜の音信、自然を強打するときにおのずと発する諧音調《かいおんちょう》である。〉（『アルピニストの手記』収録）

天空から吐《は》き出された雨は、野山に水蒸気を乱舞させ、〈美しい心地よい音響〉をもたらすものとして日本人に受け取られてきました。なかでも夕立は、音響の〈最高音部〉だと烏水はいいます（同）。

なお、「さいかち淵」では、〈一人の変に鼻の尖《とが》った、洋服を着てわらじをはいた人〉が、〈アルプスの探検みたいな姿勢をとりながら、青い粘土と赤砂利《じゃり》の崖《がけ》をななめにのぼって〉行くという描写があります。外国人登山家のイメージを賢治はそこに重ねています。

Essay
1

「山の本」を訪ねて①
瀝青《チャン》の雪、紅《べに》の雪

宮澤賢治が雪景色を好んでいたことは、いくつかの作品で雪の場面を印象的に採りあげていることからもわかります。日本は世界のなかでも降雪の多い国として知られ、賢治にとどまらず、雪に対する特別な思いは日本人の多くが抱《いだ》くものでした。

そして、雪に包まれた暮らしの美しさは、外国人にも注目されてきました。たとえばドイツの建築家ブルーノ・タウトは、一九三六年（昭和一一）二月七日に東北秋田の横手地方を訪ねたときの印象を、次のように記しています。

〈夕食後、町を散歩する。素晴らしい美しさだ。こんな美しいものを私はかつて見たことはなかったし――またまったく予期もしていなかった。これは今度の旅行の冠冕《かんべん》（いちばんすぐれているもの）だ。この美事なカマクラ――子供たちの雪室は！　雪室の壁龕《へきがん》のなかには水神様〔清水の神――この辺はいったいに水が乏しいのだ〕にお供物《くもつ》がそなえてあり、蠟燭《ろうそく》が点《とも》っている。子供たちは蓆《むしろ》の上に向かい合って坐り、その間に焜炉《こんろ》が置かれ、ぐつぐつ煮え返る汁や甘酒などがかけてある。（中略）雪中の静かな祝祭だ。クリスマスに似たところがある。空には冴《さ》え返る満月、凍りついた雪が足の下でさくさくと音をたてる。〉（日記より、篠田英雄訳）

雪がもたらす風物について、今度は日本の山岳紀行文（山の本）に眼を転じてみましょう。日本は海に囲まれた島国ですが、山岳が重なる国でもあります。どこからも山の姿は見え、その多くは冬季を中心に雪をかぶります。雪の色が山の色となり、山の名前になったものさえあり、白山、白根山などすぐに何例か浮かんできます。

雪をかぶった山はひときわ美しく見え、日本人の山への思いをかき立ててきました。実際、「山の本」でとりわけ心を打つ描写が多いのは、雪の話である場合は少なくありません。そうした文章のなかで、登山家小島烏水《うすい》の小品「高山の雪」（明治四四年）は、雪の「色彩」が述べられている点で目を惹《ひ》きます。山岳を行く者にとって、雪は白いばかりではないようです。〈古い雪の上に新雪が加わると、その翌《あく》る朝などは、新雪が一段と光輝を放って眩《まば》ゆく見える。雪は古くなるほど、結晶形を失って、粒形に変化するもので、粒形になると、純白ではなくなる、また粒形にならないまでも、古い雪に白い輝きがなくなるのは、一部は空気を含むことが少ないからで、一部は鉱物の分子だの、塵芥泥土《じんかいでいど》だのが加わって、黄色、灰色、または鳶色《とびいろ》に変ってしまうからだ。〉（『日本アルプス』収録）

烏水は「黒い雪」さえ見たことがあると書いています。飛騨山脈南部などでは、雪のおもてが、瀝青《チャン》（れきせい、とも読む。アスファルト、タール、ピッチ等、黒色かつ粘着性のある物質）を塗《ぬ》ったように黒くなる現象があり、それは活火山硫黄《いおう》岳の降灰のためでした。烏水がこれをはじめて見たのは穂高《ほたか》岳で、硫黄岳の隣山にあたります。

烏水は「赤い雪」もまた、実見したことがありました。〈色が桃紅《ももべに》なので、水晶のような氷の脈《みゃく》にも血管が通《かよ》っているようだ〉と書いています。場所は槍ヶ岳《やりがたけ》。なぜ赤くなるのかについて、南方《みなかた》熊楠《くまぐす》の教示を烏水は追記します。

〈スファエレラ・ニヴァリス Sphaerella Nivalisという単細胞の藻《も》で、二本の鬚《ひげ》がある。水中を泳ぎ廻《まわ》っているが、また鬚を失って円《まる》い顆粒《かりゅう》となり、静止してしまう、それが紅色《べにいろ》を呈《てい》するため、雪が紅になるので、あまり珍しいものではないそうである。〉

槍ヶ岳の「赤い雪」がこの藻によるものかは断言できないが、藻類によって赤くなったのは確かであろう、と烏水は記しています。

カマクラ —— 子どもたちの雪室

第二章

岩手山と早《はや》池《ち》峰《ね》山

宮澤賢治の作品によく登場する山といえば、岩手山と早池峰《はやちね》山が双璧です。

岩手山は海抜二〇四〇メートル。「南部富士」ともいわれ、賢治が学生時代を送った盛岡からは、優美な裾野《すその》の線が望めます。青藍《せいらん》色や緑色の湖面をたたえた火山湖を四つ持つほか、溶岩流が三キロにわたって続き、また鋸歯《きょし》状の絶壁もあって複雑な様相を宿すこの火山は、賢治の想像力を刺激し続けました。主要作の一つ「グスコーブドリの伝記」に登場する「イーハトーブ火山」は岩手山がモデルといわれています。

賢治が山頂をきわめたのは一〇頁で触れた中学二年時で、一九一〇年(明治四三)のこと。盛岡中学一行は岩手山神社の宿屋を午前一時に起床、二時半から松明《たいまつ》を手に登頂開始、全員が山頂に立ったのは九時頃でした。登頂ののち、賢治は噴火口内を散策しています。以来幾度となく、賢治はこの山の頂《いただ》きをめざしました。〈盛岡在住十ヶ年の学生生活に於《お》て恐らく三十度以上も登山をしています〉とは、親戚の関徳弥の回想です(『宮澤賢治素描』）。

早池峰山は五億年以上前に海から盛り上がってできた山で、交通が整っていなかった明治大正期、アプローチは徒歩で二日間を要しました。ハヤチネウスユキソウなど高山植物の宝庫として知られ、〈ほんとの高山植物家なら／時計皿とかペトリシャーレをもって来て／眼を細くして種子だけ採って行くもんです〉とのことばが賢治の詩にあります（「花鳥図譜、八月、早池峯山巓《さんてん》」）。眼を細めて高山植物の種子採集をしていたのは、賢治自身のことのようにも思えてきます。

スキーのストックを持つ賢治。当時は1本杖だった（盛岡高等農林学校時代）

たいまつのおき

（一九二〇年〈大正九〉五月、保阪嘉内あて封書より）

盛岡と岩手山とを想い出します。岩手さんよ、かがやく霧山岳の柏原、いただきの白い空に湧《わ》き散った火花よ。前にも書いたようですがあの柏原の夜の中でたいまつが消えてしまい、あなたとかわるがわる一生懸命そのおきを吹いた。銀河が南の雲のきれまから一寸《ちょっと》見え、沼森は微光の底に睡《ねむ》っている。たいまつのおきは、ちいさな赤児《あかご》のてのひらか夜の赤い華《はな》のように光り、遠くから提灯《ちょうちん》がやって来た。

解説

保阪嘉内《ほさかかない》は盛岡高等農林学校時代の一学年後輩。文学・哲学を語り、心を許して人生を語り合ったかけがえのない友で、一緒に同人雑誌『アザリア』を創刊した仲間でもあります。賢治がこの手紙を出したのは、二人が学校を出てしばらく経ってから（一九一八年に賢治は卒業、嘉内は筆禍で同年に除籍）。賢治は友情を育《はぐく》んだ時代をなつかしみ、共におこなった岩手山登山の日を回想します（霧山岳は岩手山の古名）。

　保阪嘉内あての手紙をもう一つ紹介しておきましょう。こちらは二人が在学中のもの、一九一七年四月二日消印の葉書全文です。賢治は盛岡高等農林で三年生になったばかりでした。

〈旅からの御便《おたよ》りありがとうございます。新らしい学期になりました。岩手県の山も茶色に静《しずか》にけぶっています。学校へ出たら又《また》愉快に霧山岳だの姫神山だのへ行こうではありませんか。萩原君はまだ退院しない様でなんとも御気の毒であります。私は今度は大沢河原へ外泊致します。先《ま》づは。〉

　大沢河原とは盛岡市内丸、中津川ぞいの地名。弟清六が盛岡中学に入学したのにあわせ、賢治は清六、親戚の宮澤安太郎、岩田磯吉とともに、この地に下宿することになったのです。年少者の監督のためでした。

岩手山

めいめい勝手に

（『注文の多い料理店』収録、「狼《オイノ》森《もり》と笊森《ざるもり》、盗森《ぬすともり》」より）

ずうっと昔、岩手山が、何べんも噴火しました。その灰でそこらはすっかり埋《うず》まりました。このまっ黒な巨《おお》きな巌《いわ》も、やっぱり山からはね飛ばされて、今のところに落ちて来たのだそうです。

噴火がやっとしずまると、野原や丘には、穂《ほ》のある草や穂のない草が、南の方からだんだん生えて、とうとうそこらいっぱいになり、それから柏《かしわ》や松も生え出し、しまいに、いまの四《よ》つの森ができました。けれども森にはまだ名前もなく、めいめい勝手に、おれはおれだと思っているだけでした。

解説

四つの森（タイトルにない黒坂森《くろさかもり》が本文では加わります）ができた頃からの経緯《いきさつ》を巨岩が語るという、賢治らしい奇想天外な童話の一部です。

森には〈けら（蓑《みの》）を着た百姓〉がやって来て開墾《かいこん》入植します。ところが、子どもや農具、粟《あわ》が消えてしまう事件が続き、村人が調べていくと、それは狼、山男、そして盗森の仕業《しわざ》だとわかります。最後に登場してことを収めるのが岩手山。山、森、人、動物、怪物が同格で話をし、交流するところは、自然と一体化した暮らしを続けてきたかつての日本人の姿を思わせます。

四つの森は小岩井農場の北、岩手山に向かってタテに並んでおり、ともに黒い松の森だと賢治は書いています（現在では杉も多い）。一番南の狼森《おいのもり》は低山で三八〇メートルのピーク（頂《いただ》き）を持ちますが、他の三つは明確なピークがなく、樹林が続く一帯といえましょう。

賢治はたびたびこれらの森を訪れていました。森のなかをあちこち彷徨《さまよ》い歩くうちに、岩や山や森が語る奇想を得たのでしょうか。

早池峰に登る

（『春と修羅』第二集収録、「早池峰山巓《さんてん》」より）

みんなは木綿《ゆふ》の白衣をつけて
南は青いはい松のなだらや
北は渦巻《うずま》く雲の髪
草穂《くさぼ》やいわかがみの花の間を
ちぎらすような冽《つめ》たい風に
眼もうるうるして息吹《い》きながら
踵《くびす》を次いで攀《のぼ》ってくる

解説

早池峰山には賢治自身、幾度か訪れています。北上山系の最高峰で、標高は一九一七メートル。花巻からも山容が望めました。

太古に海底から隆起した山とされ、全山が蛇紋岩《じゃもんがん》からできており、巨岩が露出しているのが特徴。異域的な山の様相は古くから山岳信仰の対象となってきました。アプローチが長い、山深い山で、現在、花巻、遠野、宮古の三市にまたがっています。

ここで紹介した文のうち、〈南は青いはい松のなだらや〉は、先駆形では〈遠野口の青いはい松のなだらや／黒くごりごりした露岩をわたり〉と、〈北は渦巻く雲の髪〉は〈また門馬口《かどま》のまばゆく旋《めぐ》る雲のなかから〉となっています。南の遠野口（遠野市附馬牛《つきもうし》）と北の門馬口（下閉伊郡《しもへいぐん》川井村）は、当時も現代も代表的な登山路の入口です。

なお、夏の早池峰は花が咲き乱れることで知られます。高山帯にある二〇〇種類もの高山植物は特別天然記念物。とりわけハヤチネウスユキソウは「日本のエーデルワイス」として名高い存在です。

ハヤチネウスユキソウ

光の奇術《トリック》

（童話「おきなぐさ」より）

私は去年の丁度《ちょうど》今ごろの、風のすきとおったある日のひるまを思い出します。

それは小岩井農場の南、あのゆるやかな七つ森のいちばん西のはずれの西がわでした。かれ草の中に二本のうずのしゅげが、もうその黒いやわらかな花をつけていました。

まばゆい白い雲が小さな小さなきれになって、砕《くだ》けてみだれて、空をいっぱい東の方へどんどんどんどん飛びました。

お日さまは何べんも雲にかくされて、銀の鏡のように白く光ったり、又《また》かがやいて、大きな宝石のように蒼《あお》ぞらの淵《ふち》にかかったりしました。

　山脈の雪はまっ白に燃え、眼の前の野原は黄いろや茶の縞《しま》になって、あちこち堀り起された畑は、鳶《とび》いろの四角なきれをあてたように見えたりしました。

　おきなぐさはその変幻の光の奇術の中で、夢よりもしずかに話しました。

「ねえ、雲が又お日さんにかかるよ。そら向うの畑がもう陰《かげ》になった。」

「走って来る、早いねえ、もうから松も暗くなった。もう越えた。」

「来た、来た。おおくらい。急にあたりが青くしんとなった。」

解説

七つ森を舞台にした物語から印象的な箇所を引用しました。「うずのしゅげ」は植物学でいう「おきなぐさ」です。

七つ森は小岩井農場の南に位置する七つの低山のこと。丘の連なりのようにも見え、森という表現がかえってぴったりします。七つとは生森《おおもり》、石倉森《いしくら》、鉢森《はち》、三角森《みかど》、見立森《みての》、勘十郎森《かんじゅうろう》、稗糠森《ひえぬか》。全体で一八〇ヘクタールの広さがあり、小岩井駅や雫石駅からハイキングしやすく、岩手山眺望にとって適地といえます。

賢治はよくここを歩き、作品にも登場させています。『春と修羅』冒頭の作品「屈折率」は、〈七つ森のこっちのひとつが／水の中よりもっと明るく〉とうたいだされます。また、夜中に盛岡から七つ森まで歩いて向かう学生の姿を描いた短篇「秋田街道」では、七つ森山麓《さんろく》の暁《あかつき》の光景が幻想性を伴って描かれます。

なお、『注文の多い料理店』収録の「山男の四月」で、七つ森は、〈松のいっぱい生えてるのもある、坊主で黄いろなのもある〉と描写され、大正当時すでに「森」とはいえない状態になっていたところがあったようです。

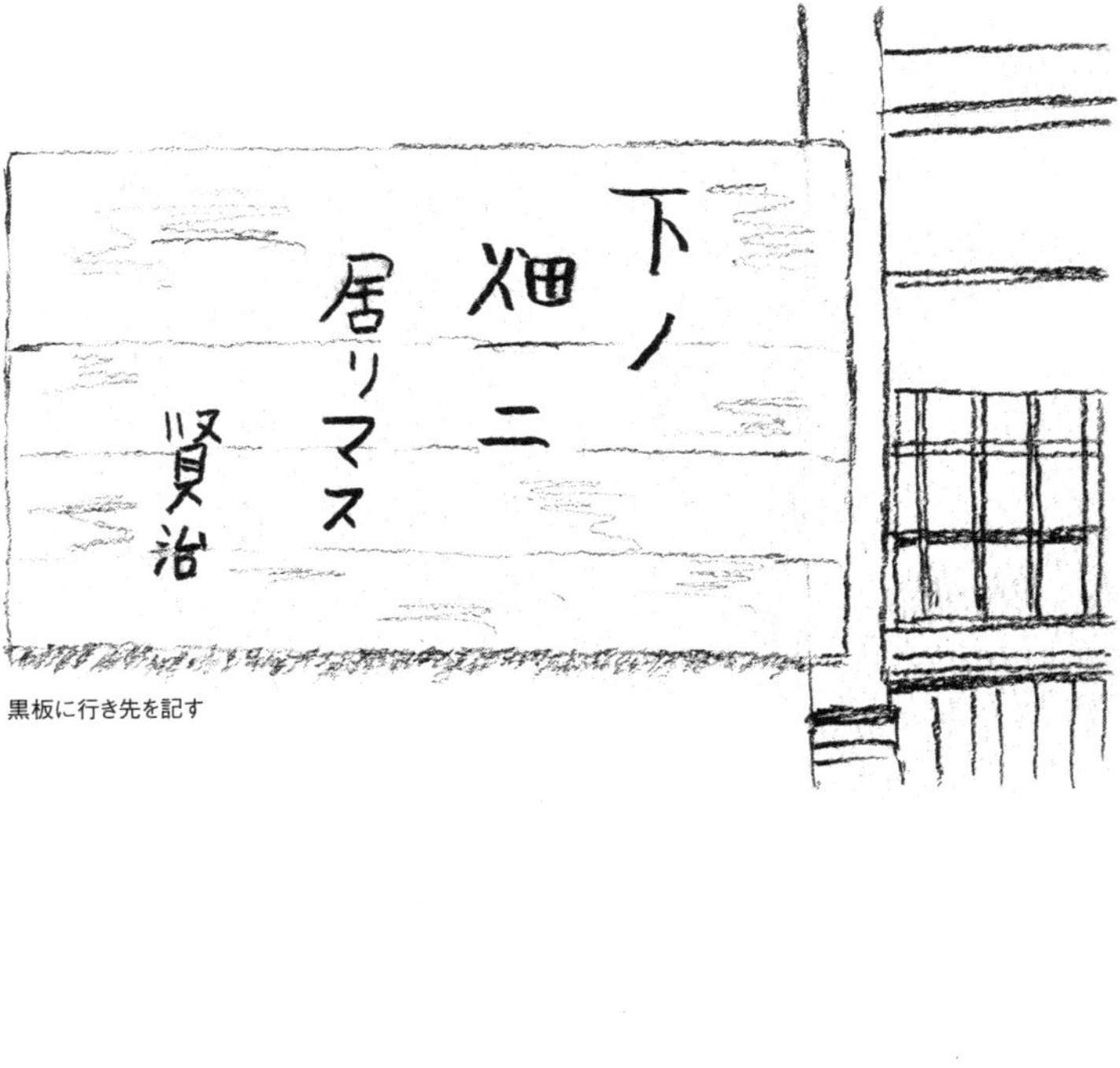

黒板に行き先を記す

夜の歩行

（短篇「秋田街道」より）

向うの方は小岩井農場だ。

四つ角山にみんなぺたぺた一緒に座る。

月見草が幻よりは少し明るく、その辺一面浮んで咲いている。マッチがパッとすられ莨《たばこ》の青いけむりがほのかにながれる。

右手に山がまっくろにうかび出した。その山に何の鳥だか沢山《たくさん》とまって睡《ねむ》っているらしい。

解説

秋田街道は盛岡から西へ延びる岩手県の主要街道で、賢治もよくここを歩いていました。健脚自慢の賢治にとって、慣れ親しんだ道筋といえるでしょう。七つ森（四〇頁参照）はこの街道に添って並んでいます。

宮澤賢治は童話を書きはじめる前後、習作的に記録文やエッセイ、小説風文章をいくつか書きました。一九一九〜二〇年（大正八〜九）に集中しており、賢治は二三〜二四歳。盛岡高等農林の研究生から修了後の浪人時代にあたります。書かれた作品はどれも短く、完成には至らぬものばかりでしたが、当時の賢治は、文学者としてさまざまな模索があったのだと思います。「秋田街道」はこれら作品群の一つ。一九二〇年九月に稿を成したようですが、三年前の夏、盛岡高等農林三年生のとき、仲間と四人でおこなった雫石《しずくいし》方面への深夜大歩行を題材にしています。同人雑誌『アザリア』の集会後、午前〇時一五分から二時間余り、秋田街道を歩いた経験です。

短篇「秋田街道」は夜明けを迎えるなかで、カーキ色の兵隊があらわれる場面を描きます。当時、山歩きのさい、動植物や自然の奇観《きかん》のほか、兵隊と出会うことも稀《まれ》ではなかったようです。そう遠くない観武《みたけ》ヶ原《がはら》には陸軍演習地があり、近辺では軍隊の演習がよく実施されていたといわれます。ただし、「秋田街道」に唐突に登場する兵隊は賢治の見た幻であるとの説が、研究者の間では有力です。

遠野

（連作短歌「心と物象」収録、「遠野」二首のうち一首）

あおじろき
光のそらにうかび立つ
三きれの雲と
切り抜き紳士

解説

童話と詩で傑作を残した宮澤賢治ですが、文学活動のはじまりは短歌人でした。文芸評論家の大岡信《まこと》は賢治の短歌について、〈抒情というよりは、むしろ鋭利な感覚自身のひたすらな自己表現といった感じのする歌である〉とその特徴を指摘しました（「詩人の短歌について」）。賢治の短歌は凡庸だといわれ、たとえば歌人岡井隆は、〈あの、すぐれた詩人、童話作家、そして農学技師としての実践家の賢治が、こんなつまらない歌人だったとは！〉と嘆いています（「宮沢賢治短歌考」）。

それでも、ここで紹介した作品は、異様な感覚のもとに空と雲を捉《とら》え、豊かなイメージと弛《たゆ》まぬユーモアを一瞬のうちに表現しており、賢治ならではの秀作と見ていいように思います。盛岡高等農林学校の学生だったとき、賢治が保阪嘉内らとはじめた文芸雑誌『アザリア』、その第三集（一九一七年〈大正六〉一〇月一七日発行）に掲載された連作中の一首です。

歌の題材となった遠野行は同年七月二九日とされます。賢治は陸中《りくちゅう》小国《おぐに》峠（岩手県久慈市）から遠野へ出ました。山谷四〇キロメートル余の行程で、健脚自慢の賢治もさすがに疲れ果てたようです。

私はまた歩きはじめています

（一九一八年〈大正七〉九月三日、河本義行あて葉書全文）

久しく御無沙汰致しました。御変りはありません（か）。私は又《また》歩きはじめています。今は毎日谷を上っています。その谷の青びかりする水の中に白い蛾が貝細工の様になって死んでいたり、又からだ一杯露にぬれて廃坑《はいこう》の夕風にふるえたりしているのです。今年の秋はお目にかかりません。

解説

　盛岡高等農林を卒業し同校の研究生となっていた時代、友人にあてた葉書です。賢治は土性《どせい》調査にあちこち出向いていましたが、当時の山行《さんこう》中の様子が点描されており、興味をひかれます。

　文に出てくる〈廃坑〉は鶯沢《うぐいすざわ》硫黄鉱山のこと。花巻温泉郷の一つ鉛《なまり》温泉の西北、高狸《たかまみ》山の山腹にありました。経済恐慌のあおりで休業するのは葉書を書いた翌年となりますが、すでに廃坑状態だったようです。

　山中で蛾の死骸を凝視する賢治の眼は、無気味な想念すら引きよせそうなところがあります。山は生命の力を秘めているのと同時に、自然のなかでの死をいくたびも見せる恐れの場所でもあったのです。

　なお、河本義行《かわもとよしゆき》は『アザリア』を一緒に創刊した仲間で、一年後輩。賢治とともに深夜大歩行（四三頁および年譜参照）をした四人のうちの一人です。中学生時代から自由律俳句をたしなむ早熟な文学青年でしたが、賢治と違いスポーツも得意でした。

『アザリア』の仲間。前列左から小菅健吉、河本義行、後列左から保阪嘉内、宮澤賢治。4人は「深夜大歩行」をともにおこなった

雲の波

（『春と修羅』収録、「東岩手火山」より）

柔《やわら》かな雲の波だ
あんな大きなうねりなら
月光会社の五千噸《トン》の汽船も
動揺を感じはしないだろう
その質は
蛋白石《たんぱくせき》 glass-wool
あるいは水酸化礬土《ばんど》の沈澱《ちんでん》

解説

雄大な独立峰岩手山は西岩手・東岩手という二つの成層火山から成立しています。東岩手山はより火山活動が活発で、昭和になってからもいくたびか高温の噴気《ふんき》活動が認められました（一九三四～三五年、一九五九年、一九七二年）。詩「東岩手火山」はその東岩手山に登山した賢治が、火口付近の夜明け前の状景を描いたもの。紹介した部分で賢治は、水蒸気を含んだ風が遠くの駒ヶ岳にぶつかって出来た雲の様子を、巧みにスケッチしています。月光会社の汽船も揺れないほど、柔らかそうな大きな雲です。

蛋白石はオパールのこと。glass-wool（グラスウール）は短いガラス繊維を綿状にしたもの。水酸化礬土は水酸化アルミニウム、あるいはそれを主成分とした鉱石のことで、この石は濁った白色のほか、緑色や赤色などがあります。さまざまな鉱物をイメージしつつ雲の姿を描くところは、少年時から「石っこ賢さん」（五一頁参照）と呼ばれていたほど鉱物好きだった賢治の不思議な感覚です。

雲について、賢治作品では多様な描かれ方がなされており、その一つ、同じ『春と修羅』収録の詩「栗鼠《りす》と色鉛筆」を次に紹介しておきましょう。

〈その早池峰《はやちね》と薬師岳との雲環《うんかん》は／古い壁画のきららから／再生してきて浮きだしたのだ〉

Essay
2

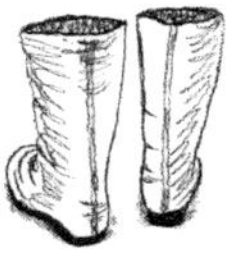

山を志すひと、宮澤賢治①
「石っこ賢さん」と労働服の先生

三七年の生涯のなかで数知れぬほど山に登り、野を歩き、山岳をはじめとした大自然を愛した宮澤賢治。すでに小学生の頃には森ふかくあちこち歩行していましたが、本格的な山登りは中学生になってからです。旧制の県立盛岡中学校へ入学した一九〇九年（明治四二）の五月、学校行事「遠足行軍」に参加し、近隣の鑪《いろり》山へ行ったと推定されています。

　寄宿舎暮らしとなり親元を離れた中学生の賢治は、休日の個人行動としても山野を歩きまわることに親しみました。「休みになれば郊外へ出かけていた」と級友たちが回想しています。後年に記された賢治自身の回想的メモでは、中学一年の項に〈鬼越山、のろぎ山〉、また別のノートには一学期のこととして〈夕方、岩手山、引アゲ〉等とあり、すでに近隣山麓《さんろく》は踏破《とうは》していたようです。

宮澤賢治の「山の人生」はかくして、一二歳の晩春から初夏にかけての時期、本格的にはじまりました。そして翌一九一〇年六月、盛岡中学二年生の賢治は岩手山登山を敢行し、ついに山頂をきわめました（三〇頁参照）。

　遠出のとき、賢治の腰にはかならず愛用の金槌《かなづち》が一丁あったと、級友の阿部孝《たかし》は回想しています（阿部は東京帝国大学を出て、のち高知大学学長に就任）。当時、賢治の遠出は鉱物採集が主な目的でした。不思議な石を見つけると拾う。金槌で山の岩肌を叩《たた》いて採集する。それこそ、若き賢治が盛岡近在の山や丘を歩きながら専念していたことでした。

　方々《ほうぼう》から集めてきた鉱物標本は、かれの机や引き出し、さらには押し入れの中を埋めていたといいます。〈中学一年生であれだけ石に興味を持てる子供は、古今東西を通じて、あまり類がないかもしれない〉と阿部にいわしめているほどです。石集めの好きな賢治には、小学生の時分からすでに「石っこ賢さん」のあだ名がついていました。

岩手山には中二の九月にも登頂しています。登山の目的に植物採集もありました。一四歳の賢治が父親政次郎《まさじろう》へ送った手紙に、〈麓《ふもと》の小屋に宿り三合目迄《まで》たいまつにて登り〉とあります。当時はカンテラなどなく、たいまつの炎をたよりに夜の登山をおこなったのでした。一行は四人で、賢治のほか一級上の宮澤嘉助《かすけ》（母方の親戚）、阿部孝（同級生）、長沢（同級生か）。賢治一行は四合目で日の出を見て、頂上まで登り、お鉢《はち》まわりをしたのち、噴煙が上がるのを見ながら下山、網《あみ》張《はり》温泉で一泊し小岩井を経由して寄宿舎へ帰っています。

山旅は学生時代を通じてさかんにおこないましたが、成人して農学校の教師になっても、賢治の山への

ハンマー（賢治使用と同型）、バタグルミの化石（賢治が発見したもの）

関心は決して衰えることはありません。当時の姿を伝えた証言を一つ、紹介しておきましょう。教え子の回想です。

〈夏のシイズンになれば、暇を見付けて登山をするのが先生の慣《ならわ》しだった。土曜日の放課後単身岩手山麓に出かけ、所謂《いわゆる》先生の心象スケッチをして来るのだった。黒い絹の紐《ひも》の付いたシャープペンシルを首に吊《つる》し、粗末な手帳を一冊持って、身軽に出かけて行くのだった。花巻から乗車して滝沢に下車し、唐松の林や、放牧の馬のいる曠野《こうや》を過ぎて、山麓の二合目、三合目のあたりから、引返して来るのが一つのしきたりになっていた。その間十里《り》（一里は三・九二七キロメートル）以上の道を歩き、日曜の夜迄《まで》には帰宅していた。あの物凄い精力は常人の及ぶところではなかった。〉（関徳弥『宮澤賢治聞書』収録、「藤井吉太郎氏聞書」より）

藤井吉太郎はまた、賢治が単独で早池峰山に登山したのち、遠野を抜けて気仙の世田米《せたまい》、江刺郡の種山《たねやま》ヶ《が》原《はら》へと出て帰ったことがあったと伝えています。当時の賢治は粗末な労働服を着て、〈あく迄も軽快な足取でグングン彼の山野を跋渉《ばっしょう》する、といった様子でした（同）。

農学校教師として生徒を引率した山行《さんこう》は、『岩手毎日新聞』一九二五年（大正一四）七月一一日、一二日付一面の寄稿文「岩手山紀行」上下が事情の一端を伝えています。筆者は生徒と思われる佐藤政丹で、〈七月四日土曜日に、われわれ一行三八人宮沢先生堀籠《ほりごめ》先生阿部先生に統導《とうどう》され岩手登山を企て午後二時半花巻出発四時に滝沢に着いた。点呼を終えて歩き出すと、すぐ曠野を渡る青嵐《せいらん》がわれわれを爽《さわや》かにした〉と報告しています。寄稿文はさらに、〈お鉢廻《まわ》りを逆にして黎明《れいめい》二時半頂上に来た〉と登頂次第を記しています。

第三章

野宿なんてこわくない

宮澤賢治は盛岡高等農林学校を卒業すると、研究生や浪人の時代をしばらく送り、一九二一年（大正一〇）一二月に稗貫《ひえぬき》農学校（のち花巻農学校）の教師となります。教育者という仕事は賢治に合ったようで、教師になって三年目、二七歳の賢治は、学生時代の先輩に、〈先生というものは、おもしろいもんでがんすなあ〉と語っています。さらに、〈生徒を教えるには、生徒が面白く勉強ができるように興味を惹起《じやつき》し、教科書にこだわらずにやることだ〉とも（金子誠次郎の回想）。賢治は実地学習に熱心で野外教育をよくおこないました。

一九二五年（大正一四）一月、二八歳の教師賢治は、農学校の職員生徒とともに矢沢方面へ「雪中行軍」した、と学校の校友会会報に記されています。またこの年五月には、盛岡中学五年生の森佐一《さいち》（荘已池《そういち》）をさそい、ともに岩手山へ向かいました。山道で夜を迎え、松の木の下で野宿しようとしましたが、寒さで体ががたがた震え、仕方なく岩手山神社の社務所の小屋で仮眠をとったと、森の回想記に出てきます。野宿はいつものことだったので、却《かえ》ってこうしたエピソードも生じた訳です。

教師時代の賢治はメモ魔だったようです。山行《さんこう》のときでも、気づいたことがあれば、その場ですぐメモをするのでした。教師時代、岩手山に登ったとき、ノートをそばに携《たずさ》え、真っ暗な夜の屋外でもシャープペンシルを走らせる賢治の姿を生徒が目撃しています。不思議に思った生徒が朝、ノートを見せてもらうと、文字が重なり合っていたとか。それでも、賢治にはちゃんと読めたそうです。

農学校教師時代の賢治

やまなしの酒

（童話「やまなし」より）


なるほど、そこらの月あかりの水の中は、やまなしのいい匂《にお》いでいっぱいでした。

三疋《びき》はぽかぽか流れて行くやまなしのあとを追いました。

その横あるきと、底の黒い三つの影法師《かげぼうし》が、合《あわ》せて六つ踊るようにして、山《ママ》なしの円《まる》い影を追いました。

間もなく水はサラサラ鳴り、天井《てんじょう》の波はいよいよ青い焔《ほのお》をあげ、やまなしは横になって木の枝にひっかかってとまり、その上には月光の虹がもかもか集まりました。

「どうだ。やっぱりやまなしだよ。よく熟している。いい匂いだろう。」

「おいしそうだね、お父さん。」

「待て待て、もう二日ばかり待つとね、こいつは下へ沈んで来る。それからひとりでにおいしいお酒ができるから。さあ、もう帰って寝よう。おいで。」

親子の蟹《かに》は三疋、自分等《ら》の穴に帰って行きます。

波はいよいよ青じろい焔をゆらゆらとあげました。それは又《また》、金剛石《こんごうせき》の粉《こ》をはいているようでした。

「やまなし」は一九二三年（大正一二）四月八日、『岩手毎日新聞』三面に掲載され、賢治生前に発表された数少ない童話のうちの一つです。当時、賢治は農学校教師二年目でした。

　谷川の底。蟹《かに》の父子の小さな世界。そこに視点を置いた描写はイメージ豊かで、賢治ならではのもの。それもあって、この作品は学校の教材に採用されることが多く、子どもたちに親しまれています。

　登場する蟹はサワガニです。登山家大島亮吉《りょうきち》はサワガニを、〈谿川《たにがわ》の隠者〉と呼んでいます（『山』収録、「頂き・谷・書斎」）。また、酒と旅を愛した明治大正時代の随筆家大町桂月《おおまちけいげつ》は、一九二一年八月に大雪山を登山したさいの紀行文「層雲峡《そううんきょう》から大雪山へ」で、サワガニを登場させています。

〈南に下り、姿見《すがたみ》の池を右にして、渓谷の中に入る。天地は椴松《とどまつ》と白樺《しらかば》とに封《ふう》ぜられたり。渓即《けいすなわ》ち路《みち》也《なり》。水、足を没す。膝までには及ばす。岩石あれば、岩石より岩石へと足を移す。沢蟹《さわがに》がおりそうなりとて、嘉助《かすけ》氏石を取りのけしに、果しておりたり。一同倣《なら》いて、行く行くこれを捕《とら》う。〉

　サワガニは日本の谷川で広く分布し、淡水で一生を過ごします。脱皮しながら成長しますが、成体でも甲羅《こうら》は二センチほどの生きもの。山旅をする者にとって、身近ながら余り気づかれない存在だといえます。ゆえに〈隠者〉なのでしょう。

　なお桂月は、層雲峡の命名者としても知られています。アイヌ語の「ソウウンベツ」にちなんだ名付けでした。

サワガニ

愉快な露天

（童話「楢ノ木大学士の野宿」より）

それから川岸の細い野原に、ちょろちょろ赤い野火が這《は》い、鷹《たか》によく似た白い鳥が、鋭く風を切って翔《か》けた。楢ノ木《ならのき》大学士はそんなことには構わない。まだどこまでも川を溯《さかのぼ》って行こうとする。ところがとうとう夜になった。今はもう河原の石ころも、赤やら黒やらわからない。

「これはいけない。もう夜だ。寝なくちゃなるまい。今夜はずいぶん久しぶりで、愉快な露天に寝るんだな。うまいぞうまいぞ。ところで草へ寝ようかな。かれ草でそれはたしかにいいけれども、寝ているうちに、野火にやかれちゃ一言《いちごん》もない。よしよし、この石へ寝よう。まるでね台だ。ふんふん、実に柔らかだ。いゝ寝台《ねだい》だぞ。」

その石は実際柔らかで、又敷布《またしきふ》のように白かった。

解説

賢治は野宿が平気だったといいます。山道を歩いていくうちに夜を迎え闇となり、いよいよ道がわからなくなると、うまい寝場所を探しだしてぐっすり眠れたのでした。賢治は山の住人になりきっていたのです。ちょうどいい大きさの石を見つけて「いい寝台だぞ」と喜ぶ楢ノ木大学士は、山旅中の賢治の姿でもあるようです。

この童話の舞台は花巻市石鳥谷《いしどりや》区域にある渓流葛丸川《くずまるがわ》流域。一九一八年（大正七）三月に盛岡高等農林学校を卒業した賢治は、同校の研究生となり稗貫郡の土性《どせい》調査にとり組みます。父親に出した葉書によれば、賢治はさっそく五月二日に葛丸川ぞいを調査しています。同一〇日に関豊太郎教授のもとで実験指導補助という身分（嘱託）を得、一九日には北上川の葛の渡しを経て八重畑村へ出て、権現堂《ごんげんどう》山、廻館《まつだち》山をまわりました（父あて葉書による）。二つの山は北上山地のうち花巻に近いところに座し、それぞれ四七六、三四八メートルの低山。権現堂山には熊野信仰（江戸時代の山岳信仰）のあとが残っています。

このような長距離にわたる山野跋渉《ばっしょう》のなかで、賢治は野宿をくり返していたのでしょう。

森荘已池は賢治と連れだって小岩井農場の西方、岩手山山麓《さんろく》に近い高原を歩いていた夜のことを、その著『宮澤賢治 ふれあいの人々』で回想しています。どうせ野宿するなら、〈高原特製の、すばらしいベッドをさがしましょう〉と賢治は言いだしました。とうとう見つけたのは、二、三メートルの若い松の木の下で、松の枯葉がたまっていたところ。ここはふわふわで温かい〈最高のベッド〉だと賢治は喜びます。そして、〈普通の松の木よりも、落葉松《からまつ》の林の中の、枯れ葉の方が、ベッドには高級なんです〉と森に説明したとか。

生徒諸君に寄せる（断章）

（「詩ノート」付録、「生徒諸君に寄せる」断章三、断章四全文）

新らしい風のように　爽《さわ》やかな星雲のように
透明に愉快な明日は来る
諸君よ　紺《こん》いろした北上山地のある稜《りょう》は
速《すみや》かにその形を変じよう
野原の草は俄《にわ》かに丈《たけ》を倍加しよう
あらたな樹木や花の群落が

諸君よ　紺いろの地平線が膨《ふく》らみ高まるときに
諸君はその中に没することを欲するか
じつに諸君は　その地平線に於《おけ》る
あらゆる形の山岳でなければならぬ

解説

〈本統《ほんとう》の百姓になります〉と、すでに前年春、教え子杉山芳松《よしまつ》に自らの意志を伝えていた宮澤賢治は、一九二六年（大正一五）三月に農学校を依願退職します。紹介した詩「生徒諸君に寄せる」は、その頃の賢治が教師生活を回想したもので、書き出しの「断章一」が最も有名です。全文を紹介しましょう。

〈この四ヶ年が／わたくしにどんなに楽しかったか／わたくしは毎日を／鳥のように教室でうたってくらした／誓って云《い》うが／わたくしはこの仕事で／疲れをおぼえたことはない〉

本項で採りあげた「断章三」「断章四」もまた、教育者ならではのもの。山岳や草原、星雲まで自在に視野を広げた、解放感あふれる逸品《いっぴん》だと思います。岩手県の山の風景を日常のものとして親しみ、登山も頻繁《ひんぱん》におこなっていた賢治ならではの詩想があふれています。

「生徒諸君に寄せる」は宇宙飛行士毛利衛《まもる》が宇宙で朗読しました。また、映画『コクリコ坂から』の挿入歌「紺色のうねりが」（宮崎駿《はやお》、宮崎吾朗作詩）は、本項で紹介した詩の部分をもとにしているようです。

バナナン大将の行進歌

（劇「饑餓陣営」より）

いさおかがやく　バナナン軍
マルトン原に　たむろせど
荒《す》さびし山河の　すべもなく
饑餓《きが》の　陣営《じんえい》　日にわたり
夜をもこむれば　つわものの
ダムダム弾《だん》や　葡萄《ぶどう》弾
毒瓦斯《どくガス》タンクは　恐《おそ》れねど
うえとつかれを　いかにせん。

解説

農学校教師時代の賢治が脚本を書き、生徒に演じさせた劇はいくつかあります。「饑餓陣営」はその代表作。一幕ものの喜劇で、生徒たちは主人公の名をとって「バナナン大将」と称していました。一九二三年（大正一二）四月、勤務していた稗貫農学校は岩手県に移管し県立花巻農学校となります。その開校式典が五月二五日に挙行されますが、「饑餓陣営」はこのとき上演された二つの演目のうちの一つ（他は「植物医師」）。

バナナン大将は、〈バナナのエボレット（肩章）を飾り菓子の勲章を胸に満《み》せり〉とト書きにあります。劇では特務曹長と曹長が重要な脇役ですが、大将の勲章を見た二人は、〈それは甘そうだ〉、〈食べるというわけには行かないものでありますか〉と会話をします。おなかが空《す》いた兵たちにとって大将の滑稽《こっけい》な姿は、食欲をそそるばかり。勲章を拝見するふりをして、ついに食べてしまうのです。大将はこれを許し、兵たちは〈バナナン大将の行進曲〉を合唱して大団円《だいだんえん》、といったストーリー。

劇の中で大将は、果樹整枝《せいし》（樹形を整えること）の様子を真似《まね》た〈生産体操〉を兵たちに教えています。奇想天外ながら、こうした場面を設けるのは、農学校で演じられた劇らしいところでしょう。

バナナン大将、当時の衣装

青白い獣《けもの》

（童話「銀河鉄道の夜」より）

二人は、ぎざぎざの黒いくるみの実を持ちながら、またさっきの方へ近よって行きました。左手の渚《なぎさ》には、波がやさしい稲妻《いなずま》のように燃えて寄せ、右手の崖《がけ》には、いちめん銀や貝殻《かいがら》でこさえたようなすすきの穂《ほ》がゆれたのです。

だんだん近付いて見ると、一人のせいの高い、ひどい近眼鏡をかけ、長靴《ながぐつ》をはいた学者らしい人が、手帳に何かせわしそうに書きつけながら、鶴嘴《つるはし》をふりあげたり、スコープをつかったりしている、三人の助手らしい人たちに夢中でいろいろ指図《さしず》をしていました。

「そこのその突起を壊さないように。スコープを使いたまえ、スコープを。おっと、も少し遠くから掘って。いけない、いけない。なぜそんな乱暴をするんだ。」

見ると、その白い柔らかな岩の中から、大きな大きな青じろい獣の骨が、横に倒れて潰《つぶ》れたという風になって、半分以上掘り出されていました。そして気をつけて見ると、そこらには、蹄《ひづめ》の二つある足跡《あしあと》のついた岩が、四角に十《とお》ばかり、きれいに切り取られて番号がつけられてありました。

銀河鉄道に乗って旅をするジョバンニとカンパネルラ。停車場で二十分間停車するというので、車両から降りて銀河のなかの白い道を行く二人は、やがて河原の崖に出て、〈百二十万年ぐらい前のくるみ〉を見つけます。その場所には学者らしい男がいて、採掘作業をしている。紹介した場面はその有りようを描いています。

地層や岩石の調査をくり返していた研究者宮澤賢治にとって、岩場の調査は身近な光景でした。盛岡高等農林学校を卒業ののち、花巻町を含む岩手県稗貫郡（当時）の土性調査を公務としておこなっていた時期は、とりわけ熱心に各地へ調査に出向いています。一九一八年（大正七）でした。「銀河鉄道の夜」の印象的な採掘場面も、調査の日々で見たもののイメージが複合して描き出されているのだと思います。

なおこの年九月二四日、父政次郎《まさじろう》あての葉書で賢治は、次のように近況を記しています。

〈一昨日中に早池峯山の調査を終り、昨日は当地迄《まで》参

り泊仕《とまりつかまつ》り候《そうろう》。未《いま》だ雨にぬれたる事も無之《これなく》御安心奉願候《ねがいたてまつりそうろう》〉

この早池峰地方調査行は、前後六日間にわたるものでした。〈当地〉とは葉書を出した折壁《おりかべ》（花巻市大迫町）です。

さて、採掘作業を見たジョバンニとカンパネルラ。「銀河鉄道の夜」では、地図と腕時計を見比べたカンパネルラが〈もう時間だよ。行こう〉とジョバンニを促します。

続く場面を、賢治はこう描きます。

〈二人は、その白い岩の上を、一生けん命汽車におくれないように走りました。そしてほんとうに、風のように走れたのです。息も切れず膝《ひざ》もあつくなりませんでした。

こんなにしてかけるなら、もう世界中だってかけれると、ジョバンニは思いました。〉

改札口の電燈がだんだん大きくなってきます。うまく間に合いました。

銀河鉄道は再び星空を走りだし、二人はもとの席に座って車窓から遠くを眺《なが》めます。今走って来た彼方を。

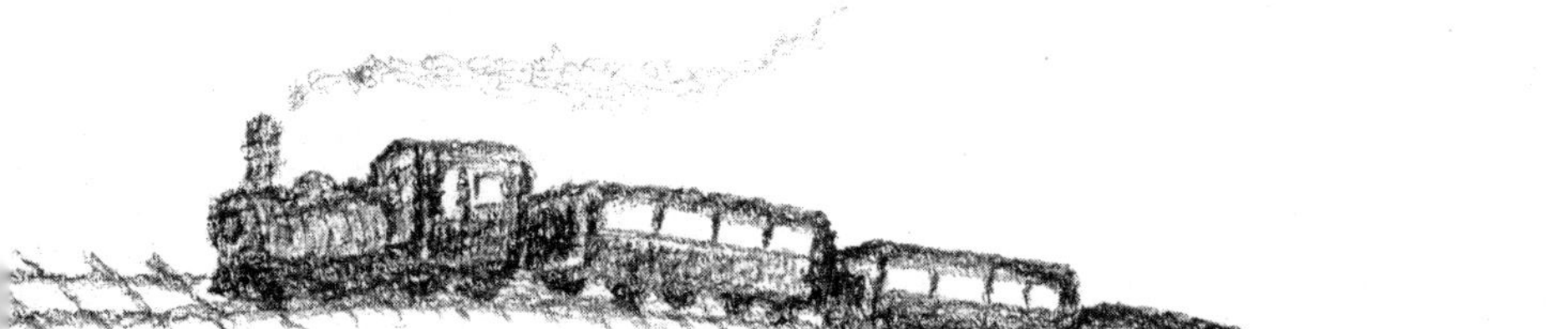

列車は夜空を旅する

良い石ばかり

〔「春と修羅 詩稿補遺」収録、〔滝は黄に変って〕より〕

早くもぴしゃっと稲光《いなびか》り
雲から雲への大静脈《じょうみゃく》
早く走って下《お》りないと　下流でわたって行けなくなる
もう鳴りだした
岩がびりびりふるいだす
それをよくまあ
谷いっぱいのいたやの木が
ぽたりと雫《しずく》をおとしたり　じっと立ったりしているもんだ
もっともそういういたやの下は
みな黒緑の犬榧《いぬがや》で
それに渓中《けいちゅう》申し分ないいい石ばかり
何たる巧者《こうしゃ》な文人画的装景《そうけい》だろう

解説

山で雷《かみなり》に遭《あ》うことは珍しくありません。賢治もしばしば体験しており、その状景を描いた作品です。雷光が空を走るのを見れば、登山者の足は自然と速くなります。落雷には気をつけたいですし、豪雨にずぶ濡れになるのも避けたいところ。山を下って安全な場所まで急ごうとするわけです。

似たような体験は多くの登山家にあります。冠《かんむり》松次郎《まつじろう》は、その著『渓《たに》』で、一九一九年、大井川の奥でまだ伐採の入っていない山地を歩いた経験を描いています。かれは尾根道を進んでいたとき雷に遭います。〈頭の上の雲が急に濃くなって、強風が林を鳴らすと大粒の雨が叩《たた》いて来た。夕立だ。そのうちに雷鳴《らいめい》がとどろき始めた。合羽《かっぱ》を冠《かむ》ると一散《いっさん》に溝《みぞ》について東沢の谷へ辷《すべ》り込むようにして下った〉と、退避行動をとる様子を記しています。

雷は足早にやって来ます。登山家に猶予《ゆうよ》はありません。下りは一目散《いちもくさん》。豪雨で水量が増す前に渓流を渡る必要もあるからです。

そうした急場にあって、詩のなかの山行者《さんこうしゃ》賢治は、岩の様子を観察しつつ、「いい石ばかりだ」「文人画のようだ」と暢気《のんき》に構えています。雷雨など意に介さないかのように。

お早う

（童話「土神《つちがみ》ときつね」より）


「樺《かば》の木さん。お早う。」

「お早うございます。」

「わしはね、どうも考えて見るとわからんことが沢山《たくさん》ある、なかなかわからんことが多いもんだね。」

「まあ、どんなことでございますの。」

「たとえばだね、草というものは黒い土から出るのだがなぜかう《ママ》青いもんだろう。黄や白の花さえ咲くんだ。どうもわからんねえ。」

「それは草の種子が、青や白をもっているためではないでございましょうか。」

「そうだ。まあそう云《い》えばそうだが、それでもやっぱりわからんな。たとえば秋のきのこのようなものは、種子もなし全く土の中からばかり出て行くもんだ、それにもやっぱり赤や黄いろやいろいろある、わからんねえ。」
「狐さんにでも聞いて見ましたら、いかがでございましょう。」

樺の木はうっとり昨夜《ゆうべ》の星のはなしをおもっていましたので、つい斯《こ》う云ってしまいました。

樺の木に想いを寄せる土神《つちがみ》。しかし当の樺の木は、乱暴で髪もぼろぼろの土神より、背広を着てドイツのツァイス社に望遠鏡を注文する上品な狐のほうを好んでいる。「土神ときつね」はそうした三者の思惑がからんで物語が進みます。

紹介した場面は、土神が一生懸命に話しかけても、前夜の狐を想って気もそぞろな樺の木の様子を描きます。狐は樺の木に向かってアンドロメダやオリオンなどの話をしたのでした。樺の木は女性、土神と狐は男性と見立てることができ、三角関係の悲劇を賢治は巧みに綴《つづ》っていきます。

こうしたドラマを生みだす想像力の一翼はたしかに、山野跋渉《ばっしょう》体験で培《つちか》われたのだと思います。山の中で、また森の奥で不思議な存在と出会ったとき、賢治はまるで人間同士のように感情交流ができ、相手がどのように自分たち人間を見ており、何を語ろうとしているか、直観的にわかったのでしょう。

森荘已池《そういち》は岩手山で賢治と野宿したときを回想するなかで、松の木の下に寝ころんだ賢治が、〈岩手山ろく、無料木賃《きちん》ホテルですナ〉と言って、笑わせてくれたと伝えています。続けて賢治は、〈私たちが眠ってしまってから、キツネの家族が幾組もやって来て、「何だかおかしな人間が、眠っているが、まさか猟師ではあるまいな。鉄砲も持っていないからナ」などと、話しているかも知れませんよ〉と童話そっくりに語ったとか（『宮澤賢治 ふれあいの人々』）。

岩手軽便鉄道の列車

Essay 3

「山の本」を訪ねて②

渓流の清純

山頂をきわめる登頂行だけでなく、峠道や尾根、そして渓谷を歩くこともまた、日本人は山旅の愉《たの》しみとしてきました。

民俗学の柳田国男は、〈峠越えのない旅行は、正《まさ》に餡《あん》のない饅頭《まんじゅう》である〉とまでいって、峠道を行く愉快を忘れるなと述べます（「峠に関する二、三の考察」）。〈自分の空想は一つ峠会というものを組織し、山岳会の向うを張り、夏季休暇には徽章《きしょう》か何かをつけて珍しい峠を越え、その報告をしゃれた文章で発表させることである〉とも書いて、峠への偏愛を高らかに謳《うた》います（同）。

一方、一九〇八年（明治四一）の妙高山登山から山に親しみ、好著『山と渓谷』を著した田部重治《たなべじゅうじ》は、同書で、〈渓谷の遡行《そこう》は日本人に取って最も愉快なものである〉と書きました。日本の近代登山の世界では、早くから、「高みをきわめる」以外にさまざまな山行《さんこう》の魅力があることを語る達人がいた訳です。

田部は次のように指摘してもいます。

〈日本人ならずとも、流れる水、しかも清純なる水に対する嗜好《しこう》は、誰しももっている。しかし日本人は最も清純なる水を好む民族であり、また、最も清純なる水は、日本の渓谷において見出される。〉

日本人に渓谷への嗜好というものがあるのは、古来より渓流を題材にした絵画や詩歌が生まれ続けてきた事情からもわかります。日本の自然のなかでとりわけ変化に富み、清冽な感情を呼び起こす代表こそ渓流だといえるでしょう。なお、自身が渓流好みの登山家だった田部は、『山と渓谷』で野営の楽しみについても書いています。

〈渓流遡行の場合ならずとも、渓谷に野営するのは、愉快なことである。そこには安心して飲める水があり、尾根にとま《ママ》るとは異なって温かい。渓流のほとりには概して泊《ママ》ることの出来る場所がある。〉

　温かい場所、それが渓流沿いでした。

渓谷の魅力を著《あらわ》した筆者として、冠《かんむり》松《まつ》次郎《じろう》の存在も忘れられません。冠はわが国近代登山家の魁《さきがけ》のひとりで、一九〇二年（明治三五）頃から本格的に登山をはじめました。黒部渓谷の全貌《ぜんぼう》を明らかにしたことでも知られています。その著『渓《たに》』は、渓谷美の諸相について、次のように端的かつ的確な指摘をしています。

渓流――流れる水は変化してゆく

〈渓谷の美しさは森林美、流水美に加えて、渓の方向、傾斜、曲折の美などによってその渓の豪《ごう》快《かい》、幽邃《ゆうすい》、清麗《せいれい》等の特色が見られるものである。〉

冠松次郎はまた同書で、渓谷美について、山上から俯瞰《ふかん》した場合、山の中腹から眺《なが》めた場合、谷へ通じる険しい山道から見た場合と、それぞれに表情が違うことを述べていきますが、なんといっても「川身《かわみ》を行く」、すなわち谷渉《わた》りによって渓を縫《ぬ》って歩く場面を描くとき、著者の筆は特段に生き生きとしてきます。〈渓流の変化してゆくその中に、自らの足を涵《ひた》し、脛《すね》を洗わせ〉と描出し、続けて、〈渓水の中にあって渓水自体の躍動《やくどう》と変化を味わい、渓水を中心とした万象に額《ぬか》ずく。山岳、森林、日光、碧空《へきくう》、白雲、淡霧《たんむ》などを渓の中に統一して行く谷渉りの味わいこそ、山旅の享楽の中で最も深い楽しみを与えてくれるものだと思う〉と、その愉快を賛頌《さんしょう》します。

渓の清純な流れに惹《ひ》かれ、複雑な美を堪能《たんのう》し、この先にどのような奇観《きかん》が待っているのかと好奇心をいっぱいにして歩く。それは渓流が多い花巻や盛岡の山を歩いていた宮澤賢治の姿でもあったはずです。

第四章

不思議な生き物たち

初期の童話「雪渡り」で人間の子どもと子狐が交流する様子を描き、狸《たぬき》、熊、かわせみなど多くの実在の動物を登場させるほか、雪狼《ゆきおいの》など想像上の動物も次々と作品中の配役にしてきた宮澤賢治。明治から昭和初年の東北は、現在より動物の相が豊かでした。

狼はすでに絶滅したといわれますが、当時はまだ、ごく身近な存在だったことは次のエピソードでもわかります。

一九一六年（大正五）五月、盛岡高等農林学校の二年生だった賢治は、級友の高橋秀松《ひでまつ》と北上山地の探訪旅行に出かけました。姫神《ひめがみ》山下の山道を歩いているうちに夜となります。山道が尽きたところに見つけたのはスズランの群生する野原。ちょうど花盛りです。二人は嬉々《きき》として夜の花畑に寝転《ころ》がり、さてどうするか、のんびり相談をはじめました。「松の大木をさがしてその根元で寝よう」と賢治が言い、それではと再び歩きだしますが、暗くて松の木は見つかりません。

そのうち流れがあり、土の橋が架《か》かっていました。橋の上で寝る決心をした二人。すると川下から老人がやってきて諭《さと》しました。「こんなところで寝ていたら狼にやられるぞ」。老人は親切に、「おらのうちさ、おでんせ」と二人を案内してくれたとか。この話は高橋の回想「賢さんの思い出」に基づきます。

明治末の東北山村人の暮らしを描いた柳田国男『遠野物語』にも狼や熊、猿などの野生動物、さらに、その年老いて霊力をもった存在が登場します。賢治が山旅をしていた時代、人間と野生動物との交流は今よりもはるかに豊かなものでした。

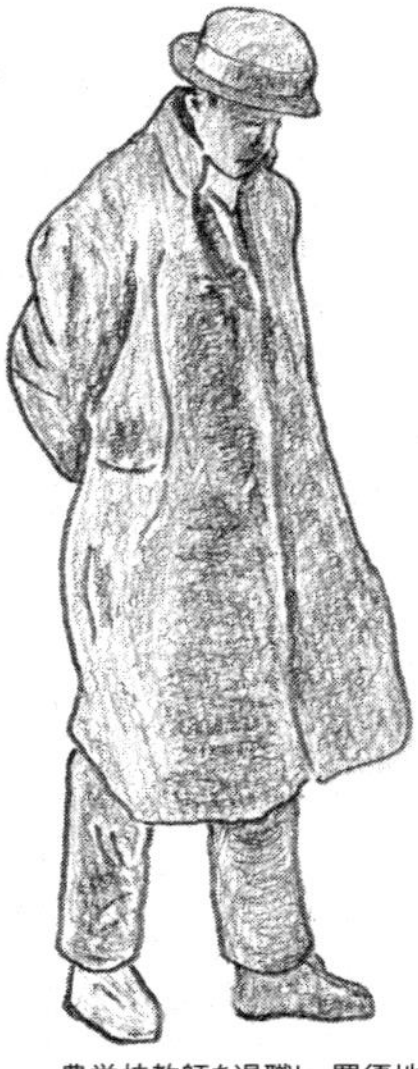
農学校教師を退職し、羅須地人協会の活動をはじめる頃の賢治

雪童子《ゆきわらす》

（『注文の多い料理店』収録、「水仙月の四日」より）

雪童子は、風のように象《ぞう》の形の丘にのぼりました。雪には風で介殻《かいがら》のようなかたがつき、その頂《いただき》には、一本の大きな栗《くり》の木が、美しい黄金《きん》いろのやどりぎのまりをつけて立っていました。

「とっといで。」雪童子が丘をのぼりながら云《い》いますと、一疋《ぴき》の雪狼《ゆきおいの》は、主人の小さな歯のちらっと光るのを見るや、ごむまりのようにいきなり木にはねあがって、その赤い実のついた小さな枝を、がちがち噛《か》じりました。

解説

ざしき童子《ぼっこ》、山男、風を擬人化した又三郎《またさぶろう》、そして雪童子《ゆきわらす》と雪狼《ゆきおいの》……。故郷の山や森にいると信じられ、不思議な力を持つとして伝えられてきた精霊たちは、賢治童話に欠かせない存在。なかでも雪のなかにあらわれる自然の精は、独特の無邪気な様子を見せています。「水仙月《すいせんづき》の四日」ではほかに、雪《ゆき》婆《ば》んごも登場。〈猫のような耳をもち、ぼやぼやした灰いろの髪をした〉と、賢治によってその姿が描写されます。

山岳随筆家で日本山岳会副会長も務めた深田久彌《きゅうや》は、〈雪は魔術師だ。どんなに平凡な低い山もいったん雪に覆《おお》われると、見ちがえるような威容を具《そな》えてくる〉（『わが山山』収録、「呼ぶ冬山」）と書いています。あたり一面を清浄な姿に変える雪の光景は、賢治に自在な想像力を発揮させたようです。

「水仙月の四日」は一九二二年（大正一一）一月一九日に脱稿したと賢治によって記されています。賢治は二五歳で、農学校の教師になったばかりの頃でした。「水仙月」がいつなのかは諸説ありますが、作品中で「水仙月の四日」の仕事は吹雪を起こすこととされますし、雪童子は人間の子どもを凍死から守ろうとするので、冬の盛りなのかもしれません。

とはいえ、ユーモラスかつ闊達《かったつ》とした「水仙月の四日」の世界は、冬のさなかにあって、命に溢《あふ》れた自然の力のうごめきさえ感じさせます。

白いきのこ

（『注文の多い料理店』収録、「どんぐりと山猫」より）

一郎がまたすこし行きますと、一本のぶなの木のしたに、たくさんの白いきのこが、どってこどってこどってこと、変な楽隊をやっていました。

一郎はからだをかがめて、

「おい、きのこ、やまねこが、ここを通らなかったかい。」

とききました。するときのこは、

「やまねこなら、けさはやく、馬車で南の方へ飛んで行きましたよ。」とこたえました。一郎は首をひねりました。

「みなみならあっちの山のなかだ。おかしいな。まあ、もすこし行ってみよう。きのこ、ありがとう。」

きのこはみんないそがしそうに、どってこどってこと、あのへんな楽隊をつづけました。

解説

生前に刊行された唯一の童話集で冒頭に掲げられた作品の一部です。紹介したところは、山猫から〈めんどなさいばん〉（面倒な裁判）に招待された一郎が、山猫の居場所を探して山をさまよう場面の一つ。

山や森を歩きまわっていた賢治はさまざまな形のキノコを眼にしており、作品中にも登場させますが、どれもずいぶん可笑《おか》しな存在です。生前発表作のうち最後の童話「朝に就《つい》ての童話的構図」（『天才人』六輯収録、一九三三年〈昭和八〉三月）では、楢《なら》の木の下に突然あらわれた白キノコにアリの子どもが驚き、〈あっ、あれなんだろう。あんなところにまっ白な家ができた〉〈家じゃない山だ〉というやり取りをします。さらに終末部で、〈魚の骨の形をした灰いろのおかしなきのこ〉が、〈とぼけたように光りながら〉、〈枝がついたり手が出たり、だんだん地面からのびあがって来ます〉との描写があります。アリの子どもたちはそれを見て、〈笑って笑って笑い〉ました。宮崎駿《はやお》のアニメーションにでも出てきそうな場面です。

〈わたくしはどこまでも孤独を愛し／熱く湿った感情を嫌いますので〉と、『春と修羅 第二集』の「序」に書いた宮澤賢治。山や野をひとりで歩きまわるのは、孤独を求めてのことだったのかもしれません。もっとも、動物だけでなく、植物とも菌類とも、あるいは岩や滝とも話ができる特異な感受性を持っていた宮澤賢治にとって、山の中は、むしろ豊かな感応力が発揮できた場所でした。その意味で、ひとりで山野を歩く賢治は「孤独」ではなかったようです。

ちなみに、個性的な姿のキノコ類は山の御馳走《ごちそう》。田部重吉《たなべじゅうじ》『山と渓谷』には、〈酒の肴《さかな》に生椎茸《しいたけ》を食ったが、その大きさはかれこれ子供の頭ほどある〉との記述があります。梓山《あずさやま》（長野県南佐久郡）での出来事でした。

月夜の熊

（童話「なめとこ山の熊」より）

小十郎がすぐ下に湧水《わきみず》のあったのを思い出して少し山を降りかけたら、愕《おどろ》いたことは、母親とやっと一歳になるかならないような子熊と二疋《ひき》、丁度《ちょうど》人が額《ひたい》に手をあてて遠くを眺《なが》めるといった風に、淡い六日の月光の中を、向うの谷をしげしげ見つめているのにあった。

小十郎はまるでその二疋の熊のからだから後光《ごこう》が射《さ》すように思えて、まるで釘付《くぎづ》けになったように立ちどまって、そっちを見つめていた。

解説

日本の山野にて出会う動物のうち、人に危害を加えるという点でおそろしいものとされたのは、狼と熊です。作家幸田露伴《こうだろはん》は一八九八年（明治三一）の山旅の記録「知々父《ちちぶ》紀行」に、〈我邦《わがほう》には獅子《しし》虎の如《ごと》きものなければ、獣《けもの》には先《ま》ず狼熊を最も猛《たけ》しとす〉と記しています。

日本狼の確実な生存情報は明治後年に途絶え、日本で狼は絶滅したとされます。もっとも狼の存在は、その後大正時代になっても、山野で暮らす人びとに生々しく伝えられていました（八一頁、賢治が野宿しようとしたときのエピソード参照）。

一方、熊はどうでしょうか。「なめとこ山の熊」は猟師の小十郎と熊との交流を描いた悲劇。毛皮を売って生きるためやむなく熊を撃っていた小十郎は、最後に熊に襲われます。小十郎はこのとき、〈青い星のような光〉をそこら一面に見、〈熊ども、ゆるせよ〉と思って死んでいく。熊に対する人間の切実な感情を点描し、読者に強く印象づけられます。

岩手山や早池峰山をはじめ、賢治が踏破《とうは》した山は熊がよく出没しており、現代でも熊よけの鈴は必要とされる場合があります。また、山中で一斗缶《いっとかん》がぶら下げられたところは、備え付けの撥《ばち》でこれを打ち、音を立てて熊よけとするためです。

なお、幸田露伴には明治山岳文学の名作『枕頭山水《ちんとうさんすい》』（一八九三年）があります。当時の青年に影響を与え、山旅へと向かわせました。

鹿とススキ

（『注文の多い料理店』収録、「鹿踊りのはじまり」より）

北から冷たい風が来て、ひゅうと鳴り、はんの木はほんとうに砕《くだ》けた鉄の鏡のようにかがやき、かちんかちんと葉と葉がすれあって音をたてたようにさえおもわれ、すすきの穂《ほ》までが鹿にまじって、一しょにぐるぐるめぐっているように見えました。

嘉十《かじゅう》はもうまったくじぶんと鹿とのちがいを忘れて、

「ホウ、やれ、やれい。」と叫びながら、すすきのかげから飛び出しました。

鹿はおどろいて一度に竿《さお》のように立ちあがり、それからはやてに吹かれた木の葉のように、からだを斜《なな》めにして逃げ出しました。銀のすすきの波をわけ、かがやく夕陽の流れをみだしてはるかにはるかに遁《に》げて行き、そのとおったあとのすすきは、静かな湖の水脈《みお》のように、いつまでもぎらぎら光って居《お》りました。

解説

鹿踊《ししおど》りは角《つの》を飾った仮面をかぶり、鹿の動きを真似《まね》て躍動《やくどう》的に踊る民俗芸能で、岩手県各地に伝えられています。前腰に太鼓《たいこ》をつけてこれを叩《たた》きながら踊るもののほか、明治時代の遠野地方では、〈童子五六人剣を抜きてこれとともに舞うなり〉（柳田国男『遠野物語』）とあり、郷土ごとに特色を持ちます。柳田は遠野の山里を旅したとき、天神の祭に遭遇《そうぐう》してこの踊りを実見しています。

宮澤賢治は地元の習俗の由来を童話にしました。「鹿踊りのはじまり」は、〈ざあざあ吹いていた風〉が鹿踊りの〈ほんとうの精神を語〉ったものとして綴《つづ》られる物語。鹿と人間が一体化していく様子を、太陽や北風、はんの木を関わらせながら描いた東北人宮澤賢治ならではの童話で、『注文の多い料理店』の最後を飾っています。この本の広告ちらしには、〈古風な童話としての形式と地方色とを以《もっ》て類集《るいしゅう》した〉と記されますが、その代表的な作風の一作でしょう。若い農夫嘉十が鹿の動きを見るうち、しだいに〈じぶんと鹿とのちがいを忘れて〉きて、ついには鹿たちと一緒になろうとするところが山場。紹介したのはその場面です。

山旅は山岳や渓谷の自然を楽しむだけでなく、土地の人びとの暮らしと文化に触れることも貴重な体験になります。仕入れた知識と観察眼をもってすれば、あちこちで得がたい光景に出会えるはずです。

フクロウのあだ名

（童話「林の底」より）

梟《ふくろう》は、しばらくもじもじしていましたが、やっと一言、「そいつはあだ名でさ。」とぶっ切ら棒《きぼう》に云《い》って横を向きました。

「おや、あだ名かい。誰の、誰の、え、おい。猫ってのは誰のあだ名だい。」

梟はもう足を一寸《ちょっと》枝からはづして、あげてお月さまにすかして見たり、大へんこまったやうでしたが、おしまい仕方なしに、あらん限り変な顔をしながら、

「わたしのでさ。」と白状しました。

「そうか、君のあだ名か。君のあだ名を猫といったのかい。ちっとも猫に似てないやな。」

解説

森の賢者とも夜の哲学者ともいわれるフクロウは、賢治童話のなじみの登場者。たとえば童話「二十六夜」はフクロウの子どもが主人公です。フクロウは日本の山野で広く分布し、高い木の樹洞《じゅどう》（樹木の一部が腐るなどしてできた洞穴《ほらあな》状の空間のことで、洞《うろ》とも呼ばれる）を巣にして繁殖します。「二十六夜」で、〈一疋《いっぴき》の大きなのは、林の中の一番高い松の木の、一番高い枝にとまり、そのまわりの木のあちこちの枝には、大きなのや小さいのや、もうたくさんのふくろうが、じっととまってだまっていました〉と、高い木がある樹林に棲《す》みついたことが描写されます。

夜の山野を歩き続け、木の根で野宿することもあった宮澤賢治は、夜行性のフクロウに出会う機会が多かったはず。フクロウに特別な興味を抱《いだ》いていたのは、ミミズク（フクロウ科の鳥）の絵を描いていることからもわかります。

フクロウは森の賢者

白い日輪

〈一九一六年〈大正五〉一〇月六日消印、工藤祐吉あて絵葉書全文〉

学校から山形へ来ました。昨日は山寺へ行って来ました。
山形の向うに蔵王山がありました。雲が立ち迷っています。
その上につくねんとして白い日輪《にちりん》がかかっています。
御健勝《ごけんしょう》で
さよなら

解説

すでに保阪嘉内、河本義行あての手紙を紹介しましたが（三二頁、四六頁）、もう一つ、友人あての手紙を紹介しておきましょう。工藤祐吉《くどうゆうきち》は盛岡中学で賢治の一年先輩。寄宿舎で同室になったこともあり、工藤が室長、賢治が副室長でした。学校の桐《きり》の下に集まって自然に出来上がったグループ「桐下倶《ク》楽部《ラブ》」でも工藤と賢治は一緒。このグループにはストライキをやったりする反抗的気分の学生が集まっていました。

二人は短歌の批評などをしあう文学の同志でもあったのです。賢治は旅の途中、速記らしき短文に信愛を込めて、山の風景を工藤に書き送ります。時期は盛岡高等農林の二年生時で二〇歳のとき。賢治は仙台、福島を経由して山形市で開催中の奥羽連合共進会（農産品、水産品、諸工業製品の展示会）を見学に行きました。〈山寺〉とは山形市にある宝珠山立石寺《ほうじゅさんりっしゃくじ》界隈《かいわい》の地名にして寺の通称。立石寺は東北の代表的な天台宗寺院で、共進会見学のついでに訪問した様子です。

工藤は盛岡中学を卒業したあと中央大学の予科に進みますが、中退して北海道で薬種商《やくしゅしょう》になっていました。この手紙も霧多布港《きりたっぷこう》在住の工藤に出しています。卒業後も友情は続いたもようです。

蔵王連峰は東北の中央部・奥羽山脈の一部を構成する山岳。一方、花巻や盛岡の山は太平洋側（岩手県）ですが、それでは日本海側の山で賢治童話に登場するものは？　山形・秋田県にまたがる鳥海山《ちょうかいさん》が挙《あ》がります。童話「葡萄水《ぶどうすい》」で、家の前にて豆を叩《たた》く耕平が、遠くで爆発音が聞こえたとき、〈秋田の鳥海山だべが。よっぽど遠ぐの方だよ〉と言う場面でその山名が出てきます。

野原のはて

（童話「ポラーノの広場」より）


　しばらく行って、ファゼーロがいきなり立ちどまってわたくしの腕をつかみながら、西の野原のはてを指しました。わたくしもそっちをすかして見て、よろよろして眼をこすりました。そこには何の木か七八本の木が、じぶんのからだからひとりで光でも出すように青くかがやいて、そこらの空もぼんやり明るくなっているのでした。

「ファゼーロかい。」いきなり向うから声がしました。

「ああ、来たよ。やっているかい。」

「やってるよ。とてもにぎやかなんだ。山猫博士も来ているようだぜ。」

「山猫博士?」ファゼーロはぎくっとしたようすでした。

「けれどもいっしょに行こう。ポラーノの広場は誰だって見付けた人は行っていいんだから。」

「よし行こう。」ファゼーロははっきり云《い》いました。わたくしどもはそのあかりをめあてに、あるいて行きました。

山猫は賢治がたいへん好み、「注文の多い料理店」など多くの童話に出てきます。「寓話 洞熊《ほらくま》学校を卒業した三人」では狸《たぬき》にあがめられる山猫大明神《だいみょうじん》が登場しますが、この作品草稿には山猫学校、山猫先生ということばも構想段階のものとしてありました。「どんぐりと山猫」では、〈黄いろな陣羽織《じんばおり》のようなものを着て、緑いろの眼をまん円《まる》にして立っていました〉と描写されます。ここでの山猫は一廉《ひとかど》の紳士ですが、ユーモラスな悪役もまた印象的で、「ポラーノの広場」の山猫博士（というあだ名の県議会議員）はその代表的存在。選挙運動に精を出す、威張《いば》りんぼうの酔っ払いとして描かれます。

どこか変人的で、しゃれていて、ちょっと迷惑者にして悪戯《いたずら》好きなその姿に、賢治は自分自身を重ねることもあったようです。農学校時代の賢治は教師生活になじんだ頃、しゃれっ気をみせて、鏡で自分を映すなり〈おお山猫！〉と言ったエピソードがあります（澤村修治『宮澤賢治と幻の恋人』）。

「ポラーノの広場」は、博物局の下級役人キューストが、かつて町のみんなが楽しくお祭りをして過ごした幻の広場を見つけようとする物語。それは、〈まっ黒な林を通りぬけて、さっきの柏《かしわ》の疎林《そりん》を通〉った果てにあります。山野をどこまでも歩いて行くとき、賢治は、あの林の向こうには不思議な世界があるはずだと、たびたび想像しており、それが物語の種になったのかもしれません。

子どもの山猫

Essay
4

山を志すひと、宮澤賢治②
雨ニモマケズ

盛岡高等農林学校の学生時代、賢治の山好きは学友たちにも有名でした。一緒に山行《さんこう》した友人たちの証言がいくつかあり、次に紹介していきましょう。

〈夏の休みには岩手山に登った。大雷雨《らいう》に逢《あ》って一寸先《いっすんさき》も見えぬ中を声を掛《か》けあいながら、全身濡《ぬ》れ鼠《ねずみ》になって滝沢の駅に辿《たど》り着き、駅の中で裸になって、洋服から肌着まで搾《しぼ》ったのを又《また》着て帰った。〉（中西弘成）

〈印象に深く残っているのは、二回目の岩手山登山の事である。これも唯《ただ》二人きりで、正午頃頂上に達し、外輪山を巡《めぐ》って見下《おろ》せば、好摩《こうま》の駅から黒煙を吐《は》いて北に走る汽車が見える。賢さんは突如として、砂走りで一直線に好摩に出よう、陽の在《あ》るうちに盛岡へ帰れる、と発案した。私は直《ただ》ちに同意して、行動に移した。またたくまに山麓《さんろく》に降りたが、喬木帯《きょうぼくたい》の中には道が全く見当らない。ホトホト難渋《なんじゅう》して里道《りどう》に出て好摩に着いた時は夜であった。〉（高橋秀松）

〈土曜日の午後、日詰《ひづめ》駅まで汽車で行き、そこから北上山脈の早池峯山に懐中電灯をたよりに徹夜で登り、日曜日の夕方帰って来た事もあった。〉（小菅健吉）

〈五輪峠では、蛇紋岩脈《じゃもんがんみゃく》にハンマーを打ち入れ、転び散る岩片を拾《ひろ》い乍《なが》ら、ホー、ホー二十万年もの間陽の目を見ずに居《い》たので、みな驚いていると叫んでいた。〉（高橋秀松）

そして賢治は、盛岡高等農林を卒業して研究者になると、今度は山行が仕事になります。地質や林相《りんそう》を調査するため、周辺各地へ泊まり込みの徒歩旅行をくり返すことになったのです。

一九一八年（大正七）四月以降、研究生一年目の調査行は友人や父への手紙によって、ある程度の実像が描けます。賢治は二一〜二二歳でした。四月には花巻近郊の調査を五泊六日でおこなっています。健脚自慢の若き賢治には難なくこなせるものでした。調査行中、鉛《なまり》温泉、台《だい》温泉に宿泊しています。どちらも山峡にある花巻温泉郷の温泉地で、湯治場《とうじば》としても知られていました。

鉛温泉から学友だった佐々木又治《またじ》へ、賢治は手紙を出します。そこには山行の実状がわかる文章があります（ひらがな表記に直しました）。

〈こちらではまだ雪が消えません。私は今その消えない雪の上を毎日毎日歩いて居るのです。〉

〈寒そうな話をするならば、私は毎日摂氏《せっし》〇度の渓水に腰迄浸《までつか》っているのです。猿の足痕《あしあと》や熊の足痕にも度々《たびたび》御目にかかります。〉

山行中に賢治は崖《がけ》の雪に足を滑《すべ》らして、膝を怪我しました。それで鉛温泉にて休養した様子も手紙には出てきます。差出先の佐々木は拓殖《たくしょく》工業会社に赴任し、南洋東カロリン群島にいました。雪のない南洋にいる友あてなので、〈寒そうな話〉を届けてあげようという、賢治の悪戯心《いたずらごころ》も多少感じさせる文章です。

この年は四月末から五月上旬にかけても賢治は山行しており、保阪嘉内あての手紙から様子がわかります。花巻北方の石鳥谷《いしどりや》が調査対象でした。〈山ではかたくりの花が忙しく青い葉に変りました。また「せきざくら」の花が一寸銹《ちょっとさ》びかかってきました〉と山の姿を伝えています。せきざくらは地元の方言で辛夷《こぶし》のこと。賢治はまた手紙のなかで、花巻温泉西北にある円森山《えんもりやま》（六〇三メートル）を歩いたとき、炭焼の青年に出会った経緯《いきさつ》を書いています。

〈雲の暗い日、円森山という深い峯から馬を二頭ひき、自分も炭を荷《にな》い、一生懸命に私に追いついた青年がありました。この人は歩きながら馬の食物の高いこと、自分の賃銀《ちんぎん》の廉《やす》いことなども云《い》いました。私はこれを慰《なぐさ》めることができません。〉

山行のとき山野で暮らす人びとと接し、そこで厳しい現実を知ることも賢治にはままあったようです。賢治はそれを脳《のう》裡《り》に刻《きざ》みつけ、文芸作品へと昇華していきます。病床で得た想念を一気に手帳へ書き記した「雨ニモマケズ」。そこに登場する有名な箇所を見てみましょう。

〈東ニ病気ノコドモアレバ／行ッテ看病シテヤリ／西ニツカレタ母アレバ／行ッテソノ稲ノ束ヲ負ヒ／南ニ死ニサウナ人アレバ／行ッテコハガラナクテモイ、トイヒ／北ニケンクヮヤソショウガアレバ／ツマラナイカラヤメロトイヒ〉

このことばは、山野を歩き人びとの暮らしに触れてきた賢治であればこそ生まれた、という面があります。ともあれ、発表を前提としないメモ書き稿が代表作として後世まで読み継《つ》がれ朗読《ろうどく》されるのですから、宮澤賢治という作者はある意味で幸福な人間なのかもしれません。

「雨ニモマケズ」を記した手帳

第五章

にぎやかな季節

新しい農村の建設をめざして農民を指導した羅須地人協会《らすちじんきょうかい》の活動は、一九二六年（大正一五）四月からはじまります。篤農家《とくのうか》たちを相手に土壌《どじょう》や肥料について講義をし、トルストイやゲーテを語るとともに音楽会を催《もよお》すなどをしました。

地人協会の時代、宮澤賢治は地元で労働農民党の支援をしています。この時期の賢治は社会主義に傾斜したといわれますが、マルクス主義やアナーキズムとは異なる「人類愛の理想に立ったもの」が自身の説く農民芸術だと、周囲に語っていました。

一方、山野をめぐる遠出好きは相変わらずで、石鳥谷《いしどりや》など各地へ出かけ、農民に対して肥料相談や稲作指導をおこなっています。また東京へ複数回行き、さらに伊豆大島まで足を伸ばしました。大島で農芸学校を開校しようとしていた伊藤七雄《いとうななお》とその妹チヱに会うためです。

とはいえ、活動的だったのもつかの間でした。一九二八年（昭和三）年末、三二歳の賢治は発熱して病床《びょうしょう》の人に。地人協会の活動は自然消滅していきます。健康体といえなくなった賢治は、体力を必要とする長距離の出歩きを控《ひか》えるようになります。

病臥《びょうが》療養中、体調がいくぶんよいときには園芸に取り組むこともありました。園芸なら日当たりのよい、家の庭先などでも出来たからです。菊や水仙はもちろん、珍しい西洋野菜も賢治は熱心に育てています。

病床にあっても季節の変化はわかります。雪が降れば、部屋から見る雪景色は遠い山野の姿を想像するきっかけとなりました。そして雪の世界の向こうに春がめぐってくること、その期待と喜びも、種苗《しゅびょう》植え付け時期のことを考える園芸家賢治のなかにいつも宿されていたのだと思います。

1930年（昭和5）秋、花巻温泉で（賢治34歳）

あなたの足音

（「詩ノート」収録、〔今日は一日あかるくにぎやかな雪降りです〕より）

今日は一日あかるくにぎやかな雪降りです
ひるすぎてから
わたくしのうちのまわりを
巨《おお》きな重いあしおとが　幾度《いくど》ともなく行きすぎました
わたくしはそのたびごとに
もう一年も返事を書かないあなたがたずねて来たのだと
じぶんでじぶんに教えたのです
そしてまったく
それはあなたの　またわれわれの足音でした
なぜならそれは
いっぱい積んだ梢《こずえ》の雪が
地面の雪に落ちるのでしたから

解説

一九二七年（昭和二）三月四日の作品です。当時の賢治は羅須地人協会の活動に入って二年目の春になります。農民とともに生きる。それがこのときの賢治の態度でした。

紹介した詩が成された日は、賢治のもとに農民が集まり「地人会」がおこなわれたと、近隣篤農家の日記にあります。

先立つ二月二七日付で賢治が農民たちに送った案内の葉書が発見され、当日の催しは〈春ノ集リ〉と称していたことがわかりました。三月四日といえば、東北地方にも春の気配が満ちてくる頃です。詩のなかにある〈もう一年も返事を書かないあなた〉とは、「春」のことでしょうか。

なお〈春ノ集リ〉では種を原価で頒《わ》け、種苗や製作品の交換会も実施すると、賢治は案内で伝えています。

賢治が講義用に描いた教材絵図

ノルデのトランプカード

（創作メモより）

ノルデは野原にいくつもの茶いろなトランプのカードをこしらえた。

ノルデがこさえたトランプのカードをみんなは、春は桃いろに夏には青くした。

解説

賢治は推敲魔《すいこうま》であることはのちにも触れますが、推敲作業はさらに改作へと進む場合も珍しくありませんでした。代表作「グスコーブドリの伝記」は複雑な改作過程を経ていますが、その道筋のなかで、「ペンネンネンネンネン・ネネムの伝記」から「グスコンブドリの伝記」（「グスコーブドリの日記」初期形）への改作があり、ばけものの物語から技術者の伝記へと変わっていきます。このときの作業内容をうかがわせる賢治のメモが残っており、そこから採ったのが紹介部分です。メモは構想どまりでしたが、賢治らしい発想があるので、本書で採りあげてみることにしました。

四季を通じて、野山の自然はたえず色を変化させていきます。新緑の春、青空がまぶしい夏、紅葉の秋、そして清浄な雪景色。トランプカードの色の変化は、太古から続く大自然の円環の力を思わせます。それを幼《おさな》げなカードの色塗り作業と見なすのは、童話作家賢治の比喩《ひゆ》の巧みさでしょう。

田部重治《たなべじゅうじ》は日本アルプス・上高地の若々しい緑について、その精妙さを見事に描写しています。〈上高地平の色彩は、新緑と水とが錯綜《さくそう》して調べる音楽の旋動である。此処《ここ》では、新緑と水と雪との結合が、他に類を見ることの出来ない色彩の模型を提供している。恐らくは河童《かっぱ》橋に立って残雪を戴《いただ》いた穂高《ほたか》山に対する時、また、桂川の藍色《あいいろ》から河原に立てる落葉松《からまつ》と白樺《しらかば》とに目を転ずる時、これをしも、目が覚めるように際立《きわだ》った色彩をもっていると頷《うなず》かないものがあるだろうか。〉（『山と渓谷』収録、「新緑の印象」）

賢治が踏破《とうは》していた東北の山もまた、複雑精妙な、またときには鮮やかな「色彩」に充《み》ちています。賢治がこれを精神深く存分に捉《とら》えていたことは、色彩豊饒《ほうじょう》なその作品世界が証明しています。

烏《からす》瓜《うり》の燈《とう》籠《ろう》

（童話「風野又三郎」＊より）

ね、そら、僕は途中で六十五回いねむりをして、その間考えたり笑ったりして、夜中の一時に岩手山の丁度《ちょうど》三合目についたろう。あすこの小屋にはもう人が居《い》ないねえ。僕は小屋のまわりを一ぺんぐるっとまわったんだよ。そしてまっくろな地面をじっと見おろしていたら、何だか足もとがふらふらするんだ。

見ると谷の底がだいぶ空《す》いてるんだ。僕らは、もう、少しでも、空いているところを見たらすぐ走って行かないといけないんだからね、僕はどんどん下りて行ったんだ。

谷底はいいねえ。僕は三本の白樺《しらかば》の木のかげへはいって、じっとしずかにしていたんだ。朝までお星さまを数えたり、いろいろこれからの面白いことを考えたりしていたんだ。

＊「風の又三郎」の初期形

あすこの谷底はいいねえ。そんなにしずかじゃないんだけれど。それは僕の前にまっ黒な崖《がけ》があってねえ、そこから一晩中、ころころかさかさ、石かけや火山灰のかたまったのやが《ママ》崩《くず》れて落ちて来るんだ。けれども、じっとその音を聞いてるとね、なかなか面白いんだよ。

そして今朝《けさ》、少し明るくなると、その崖がまるで火が燃えているようにまっ赤なんだろう。そうそう、まだ明るくならないうちにね、谷の上の方をまっ赤な火がちらちらちらちら通って行くんだ。楢《なら》の木や樺の木が火にすかし出されて、まるで烏瓜の燈籠のように見えたぜ。

甲信越や東北東部などでは、「風の三郎」伝説が民間で語られてきました。「三郎」はやんちゃな三男坊をイメージしているとの説があります。風の精が子どもの姿になってあらわれる話で、賢治作品では「又三郎」として複数の物語に登場します。

ここで紹介した文章は、又三郎が岩手山に行ったときのことを語ったもの。谷底の白樺の木かげでじっとして過ごしたり、星を数えたりなど、子どもらしい様子は無邪気そのもの。谷底の「よさ」として、崖を落ちるものの音を聞ける点を挙《あ》げているのは、可笑《おか》しなところです。独立峰の岩手山は、四方から強い風を受けます。風に押されて、崖へ落ちる石ころなどは多かったのでしょう。

大正時代の登山家大島亮吉《りょうきち》は、その随想集『山』で、〈山頂と谷底とが同じように愉《たの》しい場所だとは誰が見出したのか〉と書いています（「小屋・焚火《たきび》・夢」）。頂《いただ》きに向かって登っているのが山行《さんこう》の大きな愉しみなら、それと同じように、谷底へ下っていくことも、山を愛する人にとってはたまらない魅力になるという訳です。

大島亮吉は槇有恒《まきありつね》（一九二一年〔大正一〇〕にアイガー東山稜《さんりょう》初登攀《とうはん》、一九二五年〔大正一四〕にカナダ・アルバータ山初登頂を果たした日本人登山家。第七代日本山岳会会長）らがつくった慶應義塾山岳会に参加、燕《つばくろ》～槍《やり》ヶ《が》岳《たけ》～上高地縦走《じゅうそう》にとり組んだほか、信州や北海道などでの積雪期登攀・山岳踏破《とうは》で知られます。一九二八年（昭和三）に前穂高《ほたか》の北尾根で転落し、逝去しました。享年三〇歳。

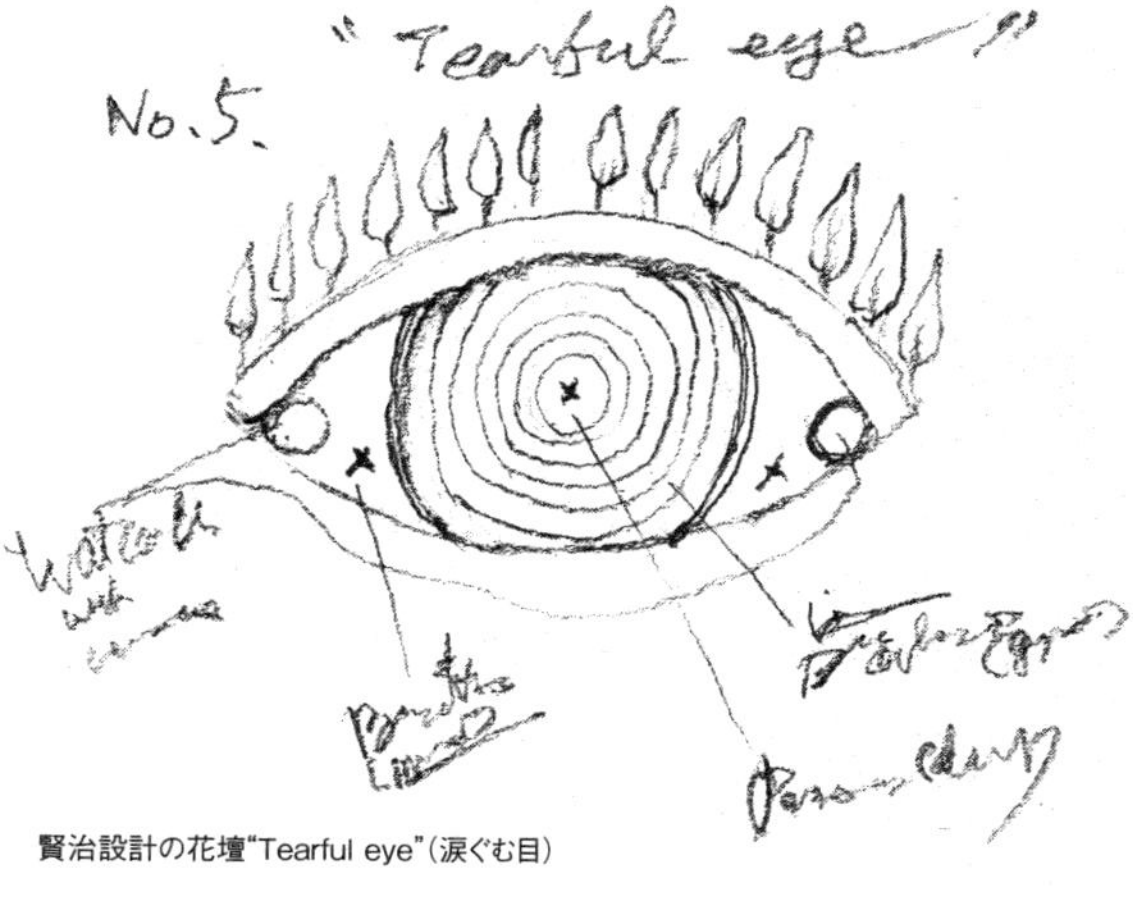

賢治設計の花壇"Tearful eye"（涙ぐむ目）

チュウリップの酒

（童話「チュウリップの幻術」より）

そして、そら、光が湧《わ》いているでしょう。おお、湧きあがる、湧きあがる、花の盃《はい》をあふれてひろがり湧きあがり、ひろがりひろがり、もう青ぞらも光の波で一ぱいです。山脈の雪も光の中で機嫌《きげん》よく空へ笑っています。湧きます、湧きます。ふう、チュウリップの光の酒。どうです。チュウリップの光の酒。ほめて下さい。

解説

洋傘《ようがさ》直しが園丁《えんてい》に導かれて農園のチューリップ畑へ行き、そこで幻想的な体験をする「チュウリップの幻術」。賢治童話中とりわけハイカラでしゃれた味わいを持ちます。ここで紹介したのは作品の山場で、透《す》き通った光の酒が花弁《かべん》にあふれる様子を園丁が語る場面。やがて二人は光の酒を酌《く》み交わし、ごきげんになります。すると、唐檜《とうひ》やスモモ、梨《なし》、油桃《つばいもも》、そして巴丹杏《はたんきょう》やマルメロまで、木々がみんな踊り出すのでした。

山歩きを得意としていた健脚自慢の賢治ですが、一九二八年（昭和三）八月頃よりしばしば病臥することに。そして一二月、ついに高熱を発して急性肺炎となり、本格的な病床生活に入ります。

一九三〇年になって小康を得る日も増えた賢治は、野山歩きに代えて園芸をはじめます。同年四月四日の沢里武治《さわさとたけじ》あて手紙で、〈やどりぎありがとうございました。ほかへも頒《わ》けましたし、うちでもいろいろに使いました。あれがあったろうと思われる春の山、仙人峠へ行く早瀬川の渓谷や赤羽根の上の緩《ゆる》やかな高原など、をいろいろ思いうかべました〉と記しています。

また、同八日の冨手一《とみてはじめ》あての手紙では、ヒヤシンスの球根を貰《もら》ったことへの礼に続けて、ダリアの球根が余っていないか問い合わせています。さらに、ダッチアイリス五種、水仙一八種などに取り組んでいると記し、〈園芸から手は切れそうもありません〉と現況を伝えています。

沢里は農学校学生時代に賢治の教えを受け、冨手は花巻温泉株式会社で働いていたとき土壌《どじょう》改良や花壇造営等で賢治の指導を仰《あお》ぎました。

かがやく雪屋根

（「文語詩稿一百篇」収録、「岩頸列《がんけいれつ》」より）

山よほのぼのひらめきて、
わびしき雲をふりはらえ、
その雪屋根をかがやかし、
野面《のづら》のうれいを燃《も》し了《おお》せ

解説

山は雲をあやつり、雪を従えて、かがやくような姿をあらわすときがあり、宿された原始的な力を溢《あふ》れさせ、それは見る者に湧《わ》きあがる高揚感を与えます。東北の山を歩き、山を眺《なが》めて暮らした賢治のなかに、こうした感覚は幾度となく訪れていたはず。紹介した文語詩は、その高揚感がもたらした一文といえるでしょう。

同時代の山岳紀行文には、類似した感受性が認められる箇所があります。日本のアルピニズムの揺籃《ようらん》期《き》ともいえる大正時代に活躍した登山家、板倉勝宣《いたくらかつのぶ》の著『山と雪の日記』には、山が持つ大いなる「力」について記されます。

〈人類の生れぬずっと以前よりこの山々は黙って立っている。霧を起こし、雲を呼んで無言で立っている。（中略）ここでは宇宙の心がそのままに聳《そび》え、そのままに動いている。心そのものが岩となり、雪となり、花と咲いている。〉（「奥穂高と乗鞍《のりくら》」）

板倉は槇有恒（一一〇頁参照）、慶應山岳部の三田幸夫《みたゆきお》（戦後、第一次マナスル登山隊長、第一一代日本山岳会会長を務める）とともに、わが国初期登山界の有力者です。北海道帝国大学農学部卒ゆえに「北大の板倉」として知られていました。大正時代に青春を送った教養人（宮澤賢治もその一人）らしく、山小屋でシューベルトの「魔王」を口ずさんでいたといわれます。槇、三田とともに入山した立山スキー登山のさい、猛吹雪に遭《あ》います。板倉は三日間にわたって苦闘しましたが、ついに逝去。絶命時は槇に抱《いだ》かれていました。二七歳の若い命でした。

光るトマト

（童話「黄いろのトマト」より）

ギザギザの青黒い葉の間から、まばゆいくらい黄いろなトマトがのぞいているのは立派だった。だからネリが云《い》った。

「にいさま、あのトマトどうしてあんなに光るんでしょうね。」

ペムペルは唇に指をあてて、しばらく考えてから答えていた。

「黄金《きん》だよ。黄金だからあんなに光るんだ。」

解説

ペムペル、ネリの兄妹は畑にトマトを一〇本植えます。そのうち〈五本がポンデローザでね、五本がレッドチェリイ《ママ》だよ。ポンデローザにはまっ赤な大きな実がつくし、レッドチェリー《ママ》にはさくらんぼほどの赤い実がまるでたくさんできる〉と、作品中で説明されます。

野山を歩きまわって、気宇壮大《きうそうだい》な精神で自然と対話していた賢治でしたが、晩年（といっても三〇歳代）は病《やまい》の床に就《つ》くことも多く、家のまわりのささやかな世界がすべて、という生活をせざるを得なくなります。山旅に代えて、自然と接する方法として園芸にとり組む賢治。元農学校教師らしく、珍しい品種にも挑戦しています。

園芸という小さな世界にあっても、賢治の想像力の翼《つばさ》は自在に羽ばたきます。一〇本のなかに光るトマトを見つける物語を紡《つむ》ぎ出すのですから。光る黄色いトマトは幼年期の幸福の象徴である、と指摘する賢治研究者もいますが、無邪気に遊ぶ兄妹の姿は、失われた妹トシと過ごした幼少時代を賢治が追想しているかの様子もどこかに見いだせます。

無邪気な二人はサーカスに行き、黄色のトマトを硬貨の代わりに渡して会場に入ろうとしますが、番人からトマトを投げつけられ、入場を断られます。二人は笑い声を背に逃げ出していく。幼少時の幸福は崩《くず》れ、もう取り戻せない。それは人生をふり返り、多くの喪失体験に悲しむ賢治の姿と重なってきます。

あちこちごちゃごちゃ

（「詩ノート」収録、〔洪積世が了って〕より）

洪積世《こうせきせい》が了《おわ》って
北上川がいまの場所に固定しだしたころには
ここらはひばや
はんやくるみの森林で
そのところどころには
そのいそがしく悠久《ゆうきゅう》な世紀のうちに
山地から運ばれた標礫《ひょうれき》が
あちこちごちゃごちゃ置かれてあった

解説

本章最初の項（一〇五頁）で触れた〈春ノ集リ〉のあった月に書かれた詩です。人類史をはるかに凌《しの》ぐ地質や山岳形成の悠久《ゆうきゅう》の歴史を扱い、宮澤賢治という表現者の、時空を越えたスケールの大きさが改めて実感されます。

この月は羅須《らす》地人協会の例会がさかんに開かれ、指導者賢治は農民芸術論を説き、あるいはエスペラント（国際共通語としてつくられた言語）の講義をしました。前者の内容については、聞いていた伊藤忠一《ちゅういち》が採ったメモに、〈詩とは…胸一杯《いっぱい》に溢《あふ》れて一定のリズムを以《も》って流れ出《い》ずるもの〉、〈真の詩とは…人間の魂の記録で有る〉などとあります。賢治自身の詩想に、こうした動機は充分に見いだすことができ、このことばは賢治が創作の秘密を語ったものとも考えられます。

講義ではまた、トルストイ（ロシアの作家、作品はレーニンが愛読した）やブハーリン（ソ連の革命指導者、「プラウダ」編集長）、ウイリアム・モリス（イギリスの詩人・工芸家、社会主義運動に参加）の芸術定義が語られたともいわれ、当時知識人を捉《とら》えていたマルクス主義に、賢治が関心を持っていた様子もうかがえます。なお聴講した伊藤は、〈当時の私には、この講義はむずかしすぎて、途中でいねむりしたりしていた〉と述懐《じゅっかい》しており、賢治と農民たちとの間には意識差がありました。

伊藤忠一は賢治が教師をしていた一九二五年（大正一四）、花巻農学校に一年間だけ学んでいます。その後は農業のかたわら土木関係の仕事をしたり、賢治の従弟《いとこ》が経営する楽器店に勤めたりしました。家が羅須地人協会の隣地だった関係もあり、協会会員となって活動に参加していきます。

Essay

5

「山の本」を訪ねて③　夕栄《ゆうばえ》の充実

『日本百名山』で有名な深田久彌《きゅうや》が最初に上梓《じょうし》した山の本は『わが山山』（一九三四、昭和九年）ですが、そのなかで深田は山好きの心を高らかに謳《うた》い、次のように記します。

〈山へはいりかけのあの楽しい興奮を、その経験のない人にどう伝えたらよいだろう。乾《かわ》き切《き》った山恋《やまご》いの情が貪《むさぼ》るように働いて、峰一つ谷一つさえ見逃すまいとする。今、山にさしかかって僕はすでにこの興奮に捕《とら》われていた。〉

　同書冒頭を飾る「陸奥山水記《むつさんすいき》」からの引用ですが、この箇所は、青森の八甲田山へ登ろうとして、山あいの温泉、酸ヶ湯《すかゆ》へ単独で向かう場面に登場します。三人しか乗客のいない乗合自動車が山道をぐんぐん上がっていく。上がるにつれて山の姿も刻々変化し、深い谷が見えてくることもある。そうしたなか、山行者《さんこうしゃ》深田の心を占めていたのは〈楽しい興奮〉でした。彼は周囲の景色を思う存分、心に吸い込もうとします。〈いくら吸い込んでもなお倦《あ》きることがなかった〉というのは、まさしく〈山恋い〉の情の深さでしょう。

　深田の友人で皮肉屋の評論家小林秀雄は、掌篇《しょうへん》「カヤの平」で一九三三年冬の山行を描いています。二月に深田とともに大雪の信州発哺《ほっぽ》へ出かけましたが、雪の林で一行から取り残されるわ、ブナの木に脚《あし》をとられてひっくり返り、これで死ぬのかと思わされるわ、白樺《しらかば》の切り株に向こうずねをぶつけて足が二倍に膨《ふく》れ上がるわ、さんざんな山行でした。始終ブツクサ文句をいっていた小林ですが、カヤの平に至ったとき、〈妙にあたりが気が遠くなるように美し〉く、〈兎《うさぎ》が方々《ほうぼう》から飛び出すごとに、一行は喚声《かんせい》をあげるが、こっちはもう兎もへちまもない夢見心地《ゆめみごこち》だ〉という境地を得ます。都会人の小林は山旅の途上で、雪山の壮麗《そうれい》な山岳美に包まれる瞬間を味わったようです。

アルピニズム（氷雪期登山、岩登り等）の日本での草分け的存在、板倉勝宣《いたくらかつのぶ》は、その著『山と雪の日記』で、登山者の「笑い」について記しています。油断のできぬ岩をよじ登り、奥穂高《ほたか》の頂《いただ》きに達したときのことです。

〈雲表《うんぴょう》（雲の上）の山々と、雲の下に霞《かす》む谷と、静かに動きゆく雲の往来《おうらい》を見たとき、胸の中から喜びが湧《わ》いてきた。わが顔には無意識の笑いが浮んだ。この壮大に胸のすいた笑いである。〉

山の壮麗と清澄《せいちょう》に対したとき、自身の内奥から「笑い」が発してくる。それは山行者の、まさに特権的な「笑い」といっていいようです。

深田久彌は「陸奥山水記」で、山旅の終わりの心境を次のように書き記しています。

〈何の気もなく見過ごすありふれた景色さえ、今は新鮮な魅力をもって、都会に疲れてきた僕の眼をおどろかすのであった。〉

ここには文学者ならではの眼力があります。宮澤賢治についても事情はよく似ています。賢治は跳躍《ちょうやく》的な詩精神の持ち主ですが、それを刺激して物語を生みだしたものは、〈何の気もなく見過ごすありふれた景色〉でした。山野を題材に、また舞台にして童話や詩を多く成していった賢治には、〈ありふれた景色〉を一変させる精神の力が宿されていました。そして、山旅をくり返すことで、この力をさらに豊かに発達させていった面は見逃せないと思います。

晩年の賢治は病臥《びょうが》の人となり、山旅から遠ざかりますが、かつての山野行で五感が捉《とら》えた自然の現象は、まさに〈新鮮な魅力〉をずっと失わないものだったはずです。

登山家大島亮吉《りょうきち》は次のように記します（『頂き・谷・書斎』）。

〈登山者は老ゆるにしたがって、現実の山登りよりはなれて浪漫《ろうまん》的におのれが所有する山登りの回想のたのしみを、そのおのおのの山のふもとにおいて求めようとする。おそらく幸福なる彼らは、その想い出ふかき峰のすがたの前にしずかに座して、彼らの最後の夕栄までをたのしむだろう。〉

グリンデルワルトの谷に老後を送るクーリッジを思い、綴《つづ》った文章です。かつて親しんだ山のふところに在って、という意味では、なじんだ山々もそう遠くない実家で過ごした晩年の賢治にも、似たような面はあったのかもしれません。長く病臥するなかで、宮澤賢治は、山で過ごした日々を回想しつつ、心ゆくまで、なつかしい山を照らす〈夕栄〉にひたることもあったのだと思いたくなります。

きっと〈最後の夕栄〉は、近在の山々だけでなく、病床の賢治の心をもまた、ひろびろと照らしたのでしょう。そのとき、やわらかい山中の風も届いたのでしょう。

八甲田山

第六章

記憶の森

宮澤賢治は一九二八年八月頃から三〇年（昭和三〜五）いっぱいにかけて、二年五か月余り療養生活を送りました。その後にやや回復した時期を迎え、賢治は東北採石工場《とうほくさいせきこうじょう》で技師兼営業マンとして働きだします。一九三一年一月からでした（三四歳）。この時期の賢治は、仕事と関連する山村等への訪問旅行をよくおこなっていました。岩手県各地を中心に石灰肥料の説明や売り込みに出かけていたのです。雇《やと》い主の鈴木東蔵《すずきとうぞう》にあてた手紙で賢治は、次のように当時の心境を綴《つづ》っています。

〈私としてもこれから別に家庭を持つ訳でもなし月給五十銭を確実に得れば、あとはこの美しい岩手県を自分の庭園のように考えて、夜は少しくセロを弾《ひ》き、でたらめな詩を書き本を読んでいれば文句はないのですから。〉

しかし営業活動の無理がたたって、一年も満たないうちに賢治は再び病臥《びょうが》することに。以後は最晩年の二年間を再び療養専一に過ごします。無名だった賢治は、この時期、すぐれた詩人・童話作家としてあちこちで注目されだしますが、本人は人びとと関わる煩《わずら》わしさを避け、残された時間を、歩んできた人生で触れた印象深い出来事を反芻《はんすう》し、その意味を問い続けることに使おうとします。

そのなかで、野山を跋渉《ばっしょう》し、ときに野宿をして過ごした体験は、賢治の記憶の森から幾度も甦《よみがえ》ってきました。最晩年の賢治は、山旅を楽しんでいた時代をなつかしみ、さまざまな光景を思い起こしつつ枕元の原稿用紙に向かいます。そして、銀河級の想像力をもって詩や童話の場面へと転じさせていったのでした。

1931年(昭和6)2月、東北採石工場の採石場にて(賢治34歳)

夜の合奏

（童話「セロ弾きのゴーシュ」より）


「ではね、『愉快な馬車屋』を弾《ひ》いてください。」

「なんだ愉快な馬車屋ってジャズか。」

「ああこの譜《ふ》だよ。」

狸《たぬき》の子はせなかから、また一枚の譜をとり出しました。

ゴーシュは手にとってわらい出しました。

「ふう、変な曲だなあ。よし、さあ弾くぞ。おまえは小太鼓《こだいこ》を叩《たた》くのか。」

ゴーシュは狸の子がどうするのかと思って、ちらちらそっちを見ながら弾きはじめました。

すると狸の子は棒《ぼう》をもって、セロの駒《こま》の下のところを、拍子《ひょうし》をとってぽんぽん叩きはじめました。それがなかなかうまいので、弾いているうちにゴーシュは、これは面白いぞと思いました。

解説

賢治は推敲魔《すいこうま》で一度書いたのち何度も書き直しをしています。ゆえに作品の成立時期が特定できない場合は多いのですが、晩年の童話六大作品（「グスコーブドリの伝記」「ポラーノの広場」「銀河鉄道の夜」「風の又三郎」「ひのきとひなげし」「セロ弾きのゴーシュ」）のうち「セロ弾きのゴーシュ」は、〈賢治童話作品成立史のおそらく最後に位置する〉（天沢退二郎、『新修宮沢賢治全集』第十二巻「解説」）ものとされています。

物語は、セロ（チェロ）の下手《へた》なゴーシュが一生懸命練習して上手《うま》くなるという単純な話。町はずれの水車小屋（ゴーシュの家）にあらわれる動物たちとのやり取りが可笑《おか》しみに充《み》ちたものばかりで、紹介した部分はそのエッセンスです。賢治の時代、すでに交響楽やジャズが日本に上陸し、この魅惑的な西欧音楽はたちまち若者の心を捉《とら》えました。賢治はユーモアたっぷりに話のなかで使っています。

水の動力を使う水車小屋は、江戸から明治にかけて日本全国でさかんに造《つく》られました。農民作家・長塚節《たかし》は明治時代、北茨城を旅したとき水車小屋を見つけて興味を持ち、短篇「才丸行《さいまるゆ》き」（一九〇五、明治三八年）で、〈小屋へはいって見た、機械で木材を挽《ひ》くのである、外で大きな水車が回転すると、小屋の中の歯車がめぐる、他の車がめぐる〉と書いています。

山野を旅するとき、鄙《ひな》びた風情の民家に出会うのは得難《えがた》い体験です。なかでも水車小屋は農民の暮らしを伝えます。賢治が生き、活動していた時代、現役が数多くありました。残念ながら現在、ほとんど失われていますが、遠野市土淵町《つちぶちちょう》にある「山口の水車小屋」は古民家《こみんか》として当時の姿をとどめています。

たき火を燃やせ

（童話「青木大学士の野宿」より）

其処《そこ》に、笹でふいたほんの申《もう》し訳《わ》けばかりの小屋がありました。大学士は中へはいって、はいのうをおろし、火をたきつけ、堅《かた》パンを囓《か》じり、手帳を出してしばらく何か書きつけていましたが、やがてオリオン座が東からのぼりはじめたころ、土間の藁《わら》の上にごろりと寝ころんで睡《ねむ》ってしまいました。

夜中に、大学士は、寒さに目をさましました。たき火が消えて、赤いおきがぽつんと一点残っていました。そして、青い月あかりが笹屋根のすきまから射《さ》し込んで居《お》りました。あわれなこおろぎの声が、どこかでしていました。

解説

山小屋で過ごすのは、山旅の醍醐味《だいごみ》の一つ。紹介した文章は、石切場《いしきりば》の休み小屋を借りて一夜を過ごす青木大学士の様子を描いた場面です。

山小屋で背嚢《はいのう》をおろし落ち着いたら、まず火をたき、パンで空腹を満たす。ちょっと書き物をしたあと、疲れた体を藁のなかに横たえて眠りにつく。それは山を旅する者にとって安らぎのひとときです。

登山家大島亮吉《りょうきち》は随想『山』で、〈ひとりで山を歩くものにとって、焚火《たきび》は最も無口で、しかも陽気な伴侶《とも》である〉と記しています（「小屋・焚火・夢」）。まわりは深い森、夜空は一面の星。そのなかの小さな世界でチロチロ炎をあげるたき火は、まさしく旅人の「山中の伴侶」にふさわしい存在です。これに似た感慨は、賢治も抱《いだ》くことがあったのでしょう。

なお、紹介した文中にある、寒さに目覚めると火は赤い熾《おき》になっており、コオロギの声ばかりがしたというのは、賢治の実体験をもとにしていると考えられます。

たき火―最も無口でしかも陽気な伴侶

木星の上に

（『春と修羅』収録、「風林」より）

とし子とし子
野原へ来れば
また風の中に立てば
きつとおまへをおもいだす
おまえはその巨《おお》きな木星のうえに居《い》るのか
鋼青壮麗《こうせいそうれい》のそらのむこう

解説

きょうだい思いだった長子賢治にとって、妹や弟は深い慈《いつく》しみの対象でした。なかでも二歳年下の妹トシは日本女子大学に進んだ才媛《さいえん》で、女性との付き合いが不器用だった賢治にとって、まるで「恋人」のような位置にいたと指摘する研究者も少なくありません。そのかけがえのない妹は大学在学中から病気がちで、兄賢治は小田原へ転地療養させようとしたこともありました。やがてトシは療養のため帰郷し、一時は小康状態を得て母校花巻高等女学校の教諭心得《こころえ》となるものの、一九二一年（大正一〇）秋から長い病臥状態となります。そして一九二二年一一月二七日、みぞれふる寒い朝にトシの容体は急変します。賢治はこのとき二六歳。農学校の教師となり一年経った時期でした。

最期《さいご》に至るトシの姿は「永訣《えいけつ》の朝」「松の針」「無声慟哭《どうこく》」（『春と修羅』にこの順で連続掲載）にて描かれあまりにも有名ですが、山野歩きの達人・宮澤賢治を扱う本書では、もう一つの詩から、トシへの清冽《せいれつ》な思いを見ていきたいと思います。『春と修羅』で上記三詩の次に登場する「風林」です。この作品は生徒を引率して近隣の野原へ入ったときのことが題材となっています。紹介したところは、賢治のトシへの思いが、夜空へ向かって清い泉のように流れ出す箇所です。

黄昏《たそがれ》が迫り、月あかりのなかで生徒たちは一列になって休んでいる。教師賢治は天を見上げる。木星が空にのぼり、賢治は失われた妹がその上にいると感じる。真心が通じた兄に向かって、そこから何かを語りかけてくるように感じる。かけがえのない人を亡くした人間が、夜の山野で星のまたたく天空を眺《なが》めたとき、同じような経験をする場合は珍しくないのかもしれません。

斬《ざん》新《しん》な設計

（『春と修羅』収録、「樺太鉄道」より）

たしかに日はいま羊毛《ようもう》の雲にはいろうとして
サガレンの八月のすきとおった空気を
ようやく葡萄《ぶどう》の果汁《マスト》のように
またフレップスのように甘くはっこうさせるのだ
そのためにえぞにゅうの花が一そう明るく見え
松毛虫《まつけむし》に食われて枯れたその大きな山に
桃いろな日光もそそぎ
すべて天上技師《てんじょうぎし》 Nature 氏の
ごく斬新な設計だ

一九二二年（大正一一）一一月、宮澤賢治は妹トシを結核で失いました。享年二四歳です。日本女子大学に学んだトシは、文学や思想をともに語りあえる同志のような存在でもありました。

前年一月、父親とぶつかった賢治は無断上京事件を起こします。賢治伝中の有名な出来事ですが、「長い家出」を敢行《かんこう》し、なかなか戻ってこようとしない強情な宮澤家長男を故郷に引き戻したのは、トシの病気再発という事態でした。故郷からの強い遠心力が働いていた時期の賢治を、同じくらいの強さの吸引力でもって故郷へ帰らせた存在こそ、妹トシだったのです。

それほどの大切な妹を失い、兄賢治は押し入れに首を突っ込んでおうおう泣きました。世界が闇に閉ざされるかの悲劇を経験し、その事実を受け入れ咀嚼《そしゃく》することで、詩「永訣《えいけつ》の朝」をはじめ賢治文学の重要な作品群が生まれます。

トシ逝去の翌一九二三年夏、宮澤賢治は傷心《しょうしん》を癒《いや》すために北へ北へと向かいます。北海道から連絡船で樺太《からふと》に至っており、製紙会社の工場を訪ねて教え子の就職を依頼したのち、樺太の大自然を旅します。南端にある亜庭湾《あにわわん》中央の大泊《おおどまり》から樺太庁鉄道線に乗り、二時間かけて豊原《とよはら》へ。さらにオホーツク海に面する栄浜《さかえはま》まで行きました。

賢治は樺太八景の一つ鈴谷《すずや》平原に至り、そこで植物採集をした模様です。この平原の中心にあるのは一〇四六メートルの鈴谷岳で、原始林におおわれており、高山植物の宝庫として知られます。その地の風光《ふうこう》の妙《みょう》を〈天上技師 Nature（ネイチャー）氏の設計〉と記すのは賢治の豊かな語彙《ごい》の力です。フレップス はフレップ（コケモモの実）のこと。

夢の橋

（童話「十力《じゅうりき》の金剛石《こんごうせき》」より）

「虹は一体どこへ行ったろうね。」

「さぁ。」

「あ、あすこに居《い》る。あすこに居る。あんな遠くに居るんだよ。」

大臣の子はそっちを見ました。まっ黒な森の向う側から、虹は空高く大きく夢の橋をかけているのでした。

「森の向うなんだね。行って見よう。」

「又《また》逃げるでしょう。」

「行って見ようよ。ね。行こう。」

二人は又歩き出しました。そしてもう柏《かしわ》の森まで来ました。

解説

宮澤賢治は『注文の多い料理店』の「序」で、〈これらのわたくしのおはなしは、みんな林や野はらや鉄道線路やらで、虹や月あかりからもらってきたのです〉と記しています。童話は「光」からもらってきたのだというのは賢治らしい表現ですが、太陽の光ではなく月の明かりや虹を提示するのは、人の生のはかなさを仮託《かたく》しているようにも思えます。童話「めくらぶどうと虹」では、虹が自分自身について、〈ほんの十分か十五分のいのちです。ただ三秒のときさえあります〉と語っています。

また、賢治にとって、山で見る虹は必ずしも七彩《なないろ》の明るいものばかりではありません。劇「種山ヶ原《たねやまがはら》の夜」は海抜八〇〇メートル級の高地を舞台にしていますが、そのなかで登場人物による次の会話があります。

〈日雇一　なあに、あでにならないだじゃ、昨日の日暮れ方の虹も灰いろだたしさ。〉
〈伊藤　ほに朝虹くらくて、夕虹明《あか》りば霽《は》れるて云《い》うんだな。〉
〈日雇一　まんつ、そう云うんだなす。〉

くらい虹、灰色に見えた虹もあったとか。種山ヶ原は北上高地の南西部にあり、広大な牧草地が広がります。星空がよく見えることでも知られ、虹がかかったら（七彩でも灰色でも）さぞや大きく見えたでしょう。賢治はこの地によく出かけていました。

わかれのことば

（歌稿収録）

北面《ほくめん》のみ
うす雪置きて七つ森
はるかに送る
わかれのことば

一つ星

（童話「ひのきとひなげし」末尾）

西のそらは今はかがやきを納《おさ》め、東の雲の峯《みね》はだんだん崩《くず》れて、そこからもう銀いろの一つ星もまたたき出しました。

解説

本書の行路《こうろ》も、そろそろ終着点です。最後にふたつの文を。短歌は青年期の作品、童話は晩年の成立です。

いま、わかれが告げられ、終幕が訪れます。それはまるで夜の帳《とばり》がおりるようです。

一つ星がまたたき、まもなく眠りに入る時間です。

おわりに

山を愛し、野を歩くことを好んだ宮澤賢治。山野で出会う人びとや生き物、岩や地質など鉱物土壌《どじょう》、風などの自然現象すべてに対して、自らの精神を同調させて交流できる能力を宿していたこの希有《けう》の文学者について案内する本書は、ひとまずの役割をすませて、ここに筆を擱《お》くことになります。賢治の作品は現在、全集はもちろん、ペーパーバックや絵本などさまざまな形で書籍化されています。賢治文学は深い森であり、変化に富んだ山脈です。ご縁のあった読者のみなさま、機会があれば、それぞれの関心のままに、新たな「森と山脈の旅」をぜひとも。

また、本書で引用紹介した明治大正期の登山者の文章は、岩波文庫や中公文庫など軽装で手に取りやすい形のものを意識して選びましたが、それも、「山の本」に接する手助けが少しでも出来たら、との願いからでした。巻末にリストがあります。繙《ひもと》けばどれも、味わい深い、達意の文章ばかりです。

本書はさまざまな方々の協力を得て、生みだすことができました。本の製作に関わった多くの「職人」の方々に感謝いたします。

世界各地で豊富な登山体験を持つ赤津孝夫さん、雲の湧《わ》きあがる峠道や獣《けもの》の走る杣道《そまみち》に足痕《あしあと》を刻む芦澤泰偉さんには特段の謝意を。そして、読者のみなさまに厚いお礼を。

二〇一五年（平成二七）一二月

澤村修治

山の人生・賢治年譜

＊本年譜は宮澤賢治の山行《さんこう》、山野踏破《とうは》、および本書に関連する事項を中心に構成した。『新校本 宮澤賢治全集』（筑摩書房）を主として参照している。なお、記載事項は研究考証史上、一定程度認定できうる事柄のみであり、ほかにも賢治は多く山旅をしていたことはいうまでもない。

＊〔 〕は事項当時の賢治年齢。満年齢表記とした。

（編著者）

一八九六年 明治二九

八月、現在の岩手県花巻市に出生。父政次郎《まさじろう》、母イチの長男である。

一八九八年 明治三一

一一月〔二歳〕、妹トシ出生。

一九〇六年 明治三九

この年〔九〜一〇歳〕、花城《かじょう》尋常《じんじょう》高等小学校四年生の賢治は、鉱物採集と昆虫の標本づくりに熱中した。

一九〇九年 明治四二

四月〔一二歳〕、県立盛岡中学校入学。寄宿舎へ入る。五月、盛岡近隣の鑪山《いろり》、旧桜山へ遠足。学校行事である。一学期から方々《ほうぼう》を歩きまわり、岩手山麓へも行った（推定）。

一九一〇年 明治四三

六月〔一三歳〕、岩手山登山。九月〔一四歳〕にも岩手山登山をする。岩手山にはこの後、学生時代を通じてたびたび登った。

一九一三年 大正二

五月〔一六歳〕、盛岡中学五年生の学校行事で北海道旅行。なお中学校在学中（時期不詳）、桐下倶楽部に参加している。学校に対して反抗的な学生の集まりだった。

一九一四年 大正三

三月〔一七歳〕、盛岡中学校卒業。四月、肥厚性《ひこうせい》鼻炎の手術と手術後の発熱のため岩手病院に入院加療。ある夜、岩手山の山神《やまのかみ》に腹を刺される夢を見て、以後熱は下がる。

一九一五年 大正四

四月〔一八歳〕、盛岡高等農林学校農学科第二部（のち農芸化学科）に首席入学。寄宿舎入舎。入学早々から、土曜の午後には泊まりがけで鉱物採集に出かけている。そのさいの持ち物は、五万分の一の地図、星座表、コンパス、手帳、懐中電灯、ハンマー。食料はビスケットで、ポケットに詰《つ》め込んでいた。六月、学友の高橋秀松と南昌山へ登ったとき、猛烈な雷雨に遭《あ》う。八月〔一九歳〕、遠野地方を歩く。

一九一六年 大正五

三月〔一九歳〕、京都奈良方面修学旅行の帰途、箱根八里を踏破《とうは》する。五月、高橋秀松と北上山地を歩く。野宿をしようとして地元の老人に「狼にやられるぞ」と諭《さと》され、この老人の家に泊めてもらう。六月、後輩の保阪嘉内と岩手山登山（推定）。七月にも保阪と岩手山を登山、神社を参拝して誓願した。この月は高橋秀松と姫神山にも登っている。同じ七月、学校の行事で厨川《くりやがわ》村、滝沢村の地質調査。夏に寄宿舎同室の萩原弥六と岩手山に登る。九月〔二〇歳〕、学校行事の秩父長瀞三峰地方・土性《どせい》地質調査に参加。一〇月、山形へ行き蔵王山を望む。

一九一七年 大正六

二月（二〇歳）、東京のトシ（日本女子大学在学）あての葉書に、近隣の小山や丘でスキーをしており、だいぶ上達したと記す。四月、保阪嘉内あての葉書に、岩手山や姫神山へ行こうではないかと記す。この頃、賢治は岩手山麓、南昌山、箱ヶ森等をさかんに歩いていた（短歌による）。六月、弟清六などを伴い岩手山麓に遊ぶ。道に迷って野宿となった。七月、盛岡高等農林同学年の小菅健吉、一年後輩の保阪嘉内、河本義行らと同人雑誌『アザリア』を創刊。会合後、四人は秋田街道を二時間余り深夜歩行する。保阪はこれを「馬鹿旅行」と称して短歌にうたった。またこの月半ば、保阪とともに岩手山登山。月末には一人で小国峠を経て四〇キロの山野歩行、遠野へ辿《たど》りつく。八月（二一歳）、級友たちと江刺郡地質調査旅行、一〇日ほど歩く。一〇月、清六らと四人で岩手山登山。

一九一八年 大正七

三月（二一歳）、盛岡高等農林学校卒業、同校研究生となる。四月、賢治も参加して稗貫郡土性調査はじまる。賢治は花巻近郊踏査をおこなう。五月に権現堂山、廻館山《まつだちやま》、亀ヶ森などを踏破。七月には再び花巻近郊を踏査し、鉛温泉、台温泉および周辺山谷を踏破。また豊沢川などの川筋の調査もおこなったもよう。九月（二二歳）、稗貫郡東北部の土性調査。大迫（早池峰山麓）を出発し、早池峰山から峰づたいに踏破、狼久保、折壁、黒沢などを経由して大迫へ戻る六日間の調査行であった。一二月、東京のトシが入院。賢治は母とともに上京して看病する。

一九一九年　大正八

七月〔二三歳〕、土性調査に協力してくれた盛岡高等農林の林学科教官、武藤益蔵に葉書。依頼されていた地質図の作成が遅れていることを詫びる。一二月〔二三歳〕、稗貫郡立農蚕講習所に講師として出講。鉱物・土壌・化学・肥料を受けもつ。

一九二〇年　大正九

五月〔二三歳〕、盛岡高等農林学校研究生を修了。八月〔二四歳〕、土性調査で追加調査があり、大迫へ行き投泊。九月、妹シゲ、クニをつれて岩手山登山。

一九二一年　大正一〇

一月〔二四歳〕、無断上京事件を起こす。本郷菊坂町に下宿し、ガリ版切りなどをして働く。四月、上京した父と連れ立ち伊勢、比叡、京都、大阪、奈良を旅する。八月〔二五歳〕頃、トシ発病を電報で知り、帰郷する。一二月、稗貫郡立稗貫農学校教諭となる。担当は代数・農産製造・作物・化学・英語・土壌・肥料・気象など多岐にわたった。

一九二二年　大正一一

一月〔二五歳〕、のちに『春と修羅』に収録される作品を書きはじめる。夏、豊沢川上流で泳ぎ、そこで泳いでいた子どもたちと交流する。なお農学校時代、賢治は毎年、夏休みになると生徒のなかから希望者を募り、一緒に岩手山登山をおこなった。九月〔二六歳〕、生徒五、六人と岩手山登山。同月、農学校で劇「饑餓陣営」を上演。一〇月、生徒と北上川を小さな舟で渡ったとき、教師賢治は一人で水に入り泳ぎだしたという。一一月、トシ逝去。

一九二三年　大正一二

三月〔二六歳〕、同僚教師の堀籠文之進と一関へハイキング、途中は一切英会話にしたという。四月、農学校は岩手県に移管、県立花巻農学校となる。四～五月、童話が『岩手毎日新聞』に掲載される。「やまなし」「氷《ひょう》河《が》鼠《ねずみ》の毛皮」「シグナルとシグナレス」で、「シグナルとシグナレス」は一一回の分載。五月二五日、花巻農学校開校式があり、記念行事として賢治の劇「植物医師」「饑餓陣営」が上演される。七月三一日、樺太旅行へ出発。青森、北海道を経由した。八月七日に樺太八景の一つ鈴谷平原に至り、植物採集。一〇月〔二七歳〕、日曜の一日、岩手山麓を長距離歩行。

一九二四年　大正一三

四月〔二七歳〕、『春と修羅』刊行。同月、生徒とともに花巻温泉大通りに桜の苗木を植える。五月、生徒を引率して北海道修学旅行。小樽、札幌、苫小牧、白老、室蘭を歴訪。途中、石狩川を見て、樽前火山を望んだ。八月〔二八歳〕、農学校講堂で自作劇を一般公開。「饑餓陣営」「植物医師」「ポランの広場」「種山ヶ原の夜」の四本立てであった。この月、葛丸川のボーリング作業に立ちあう。温泉を発掘するためだったが、成功しなかった。九月、農学校の職員生徒とともに台温泉へ遠足。一二月、『注文の多い料理店』刊行。

一九二五年

大正一四

一月〔二八歳〕、三陸海岸へ旅行。四月、学校で、国道四号線沿いの松並木伐採の可否について論争があり、賢治は美観重視・伐採不可の立場で論じる側につく。五月、岩手山へハイキング。野宿を試みたが寒さでがたがた震え、岩手山神社の小屋で仮眠することになった。この月、母校の盛岡高等農林学校を訪れ、花壇の花草を移植ごてで採取。賢治は自分を「花どろぼうですね」と言った。八月〔二九歳〕、早池峰登山をおこなう。河原坊に野宿。一一月、東北大学の早坂一郎助教授を案内して、北上川小船渡でバタグルミの化石を採集。一二月、土曜日の深夜、寄宿生を引き連れて花巻温泉まで雪上行進を敢行《かんこう》する。

一九二六年

大正一五、昭和一

一月〔二九歳〕、尾形亀之助編集発行『月曜』に「オッベルと象」を発表。二月には同誌に「ざしき童子《ぼっこ》のはなし」を発表する。三月、花巻農学校を依願退職。四月、羅須《らす》地人協会の活動を開始する。春から六月にかけて、北上川の岸近い開墾《かいこん》地で白菜、トウモロコシ、ジャガイモ、トマト、アスパラガスを育て、チューリップを咲かせた。また家の空き地に花壇をつくり、イギリス・サットン商会の横浜の店から花の種を取り寄せた。八月〔三〇歳〕、妹シゲとその子純蔵、末妹クニをつれて八戸方面へ旅行する。この夏、高熱で苦しむことがあり、一一月には数日間入院する（推測）。

一九二七年　昭和二

三月四日〔三〇歳〕、羅須地人協会で「春ノ集リ」が催された。四月、花巻温泉南斜花壇の設計書を作成、同温泉遊園地事務所の冨手一《はじめ》に送る。五月、この花壇に花の苗を植える。七月、盛岡測候所へ調査に出向く。

一九二八年　昭和三

三月〔三一歳〕、石鳥谷で肥料相談をおこなう。六月、東京を経由し伊豆大島へ旅行。一二月〔三二歳〕、急性肺炎になり、翌年にかけて病臥する。

一九二九年　昭和四

八月〔三三歳〕、病気は快方に向かいだす。一〇月、東北採石工場主・鈴木東《とう》蔵《ぞう》が賢治をはじめて訪問。

一九三〇年　昭和五

三月〔三三歳〕、半日寝て半日起きるくらいに病気から回復。四月頃から園芸にとり組み、スイートピー、ケール、パンジー、モクセイソウ、ポピー、キクなどの種まきをする。野菜や果物も同時にはじめ、レタス、ラディッシュ、メロンなどの種をまく。八月〔三四歳〕健康回復。九月、陸中松川駅から一〇〇メートル余のところにある東北採石工場を初めて訪問。また、この月は月末に花巻温泉主催のダリア品評会に出かけている。一一月、同じ花巻温泉主催で開催された菊花品評会に出品し、四等入選。会期中に見物する。

一九三一年 昭和六

一月〔三四歳〕、東北採石工場技師となる。二～五月、同工場の出張で盛岡、一関、水沢、仙台、秋田、横手ほかへ出向き、各地で売り込み営業等をさかんにおこなう。なかでも盛岡へはたびたび出かけた。四月中旬に発熱病臥、五月中旬にも発熱病臥。五月下旬～七月、小康を得て盛岡、水沢等へ出張。七月二〇日、『児童文学』に童話「北守《ほくしゅ》将軍と三人兄弟の医者」を発表。九月一九日〔三五歳〕、東京出張へ出発。二〇日夜、投泊先の神田駿河台・八幡《やわた》館で烈しく発熱。病勢は進み衰弱、医師の往診を受ける。二八日、花巻に帰る。家につくやいなや寝床に伏し、以後長らく病臥の人となる。一一月三日、手帳に「雨ニモマケズ」を記す。

一九三二年 昭和七

三月〔三五歳〕、『児童文学』に「グスコーブドリの伝記」を発表。四月、佐々木喜善《きぜん》（民俗学者。柳田国男『遠野物語』は佐々木の話を柳田が筆録して成立した）が病床の賢治を訪ねて来て、数時間話す。五月にも来訪。一一月〔三六歳〕、『詩人時代』『岩手女性』に詩を発表。

一九三三年 昭和八

二月〔三六歳〕、『新詩論』に詩を発表。三月、『詩人時代』に詩を、『天才人』に童話「朝に就《つい》ての童話的構図」を発表。四月、『日本詩壇』に詩を発表。文学者としての評価が高まりだす。五月、和賀郡岩崎村の開墾地よりの照会に答える。七月、『岩手女性』に詩を発表。九月一七～一九日〔三七歳〕、鳥谷ヶ崎神社の祭礼。賢治は門のところまで出て、楽しげに通る人や鹿《しし》踊り、御輿《みこし》を眺める。二〇日、容体急変。二一日午後一時三〇分、逝去。

参考文献

『新校本 宮澤賢治全集』（筑摩書房、一九九五〜二〇〇九）
『新修 宮沢賢治全集』（筑摩書房、一九七九〜八〇）
続橋達雄編『宮澤賢治研究資料集成』（日本図書センター、一九九〇〜九二）
別冊太陽『宮沢賢治 銀河鉄道の夜』（平凡社、一九八五）
続橋達雄『賢治童話の展開 ——生前発表の作品』（大日本図書、一九八七）
森荘已池『宮澤賢治 ふれあいの人々』（熊谷印刷出版部、一九八八）
堀尾青史『年譜 宮澤賢治伝』（中公文庫、一九九一）
奥田博『宮沢賢治の山旅——イーハトーブの山を訪ねて』（東京新聞出版局、一九九六）
國文學編集部編『宮沢賢治の全童話を読む』（學燈社、二〇〇八）
澤村修治『宮澤賢治と幻の恋人 ——澤田キヌを追って』（河出書房新社、二〇一〇）
文藝別冊『宮沢賢治 修羅と救済』（河出書房新社、二〇一三）

＊

大島亮吉『山 ―随想―』（中公文庫、一九七六）
板倉勝宣『山と雪の日記』（中公文庫、一九七七）
冠松次郎『渓《たに》』（中公文庫、一九七九）
深田久彌『わが山山』（中公文庫、一九八〇）
小島烏水『日本アルプス』（近藤信行編、岩波文庫、一九九二）
田部重治『新編 山と渓谷』（近藤信行編、岩波文庫、一九九三）
志賀重昂『日本風景論』（近藤信行校訂、岩波文庫、一九九五）
小島烏水『アルピニストの手記』（平凡社ライブラリー、一九九六）
大室幹雄『志賀重昂「日本風景論」精読』（岩波現代文庫、二〇〇三）
近藤信行編『山の旅 明治・大正篇』（岩波文庫、二〇〇三）
近藤信行編『山の旅 大正・昭和篇』（岩波文庫、二〇〇三）
ブルーノ・タウト『日本雑記』（篠田英雄訳、中公クラシックス、二〇〇八）
槇有恒『山行』（中公文庫、二〇一二）

＊文庫、新書判など二次生産書籍は版元名ではなくシリーズ名を記したが、これらの刊行年は当該書での初版を示し、原書の刊行年とは異なる。

A&F

澤村修治（さわむら しゅうじ）
評伝作家・評論家。既刊に『宮澤賢治と幻の恋人』（河出書房新社、2010）、『宮澤賢治のことば〜ほんとうの幸（さいわい）をさがしに』（理論社、2012）ほか。

よこてけいこ
日本児童文芸家協会会員。既刊に『八木重吉のことば〜こころよ、では行っておいで』（理論社、2013）ほか。

宮澤賢治、山の人生

2016年1月10日　初版発行

編著
澤村修治

絵
よこてけいこ

発行者
赤津孝夫

発行所
株式会社 エイアンドエフ
〒160-0022
東京都新宿区新宿6丁目27番地56号
新宿スクエア4F
出版部 電話 03-6233-7787

アートディレクション
芦澤泰偉

デザイン
五十嵐 徹

印刷・製本
三永印刷株式会社

プリンティングディレクター
佐藤雅洋

Published by A&F Corporation
Printed in Japan
ISBN978-4-9907065-2-4 C0095